Walter M. Dobrow

Madonnengrab

Ein Lübecker-Bucht-Krimi

Bibliografische Information der Deutschen Nationalbibliothek:
Die Deutsche Nationalbibliothek verzeichnet diese Publikation in der Deutschen Nationalbibliografie; detaillierte bibliografische Daten sind im Internet über http://dnb.dnb.de abrufbar.

Herstellung und Verlag: BoD – Books on Demand, Norderstedt

ISBN: *978-3-7322-81-268*

Prolog

Johannes Holewer war ein Mann mit vielen Talenten. Zunächst Seemann - mit 12 Jahren hatte er als Schiffsjunge auf einer der Koggen des Patriziers Geswein seine Laufbahn begonnen- dann Söldner im kleinen, aber schlagkräftigen Heer des Herren von Neustadt, Ritter Meinhard von Westerrade gegen die Dänen, dann wieder in Diensten Balthasar Gesweins als Assistent und „Mann für alle Fälle". So ein Fall lag nun vor. Wegen diverser schwerer Verfehlungen, unter anderem der Verführung und andauernden sexuellen Beziehung zur Frau des Bürgermeisters, hatte Pater Theobald, der Beichtvater Gesweins, diesen dazu verpflichtet, eine Madonnenstatue zur baldigen Einweihung der gigantischen Marienkirche zu stiften. Nicht irgendeine Statue... Theobald bestand auf der „Madonna von Padua".

Leider befand sich dieses Kunstwerk im Besitz des deutschen Ritterordens in Ostpreußen, seitdem es den Rittern gelungen war, diese außergewöhnliche, aus Silber gefertigte lebensgroße Figur aus den Händen der Sarazenen zu „befreien".

Das war während des letzten Kreuzzuges geschehen und nun stand die silberne Madonna in der Kapelle der mächtigen Marienburg.

Johannes hatte sich den Kopf zerbrochen, wie er die Statue stehlen und auf die „Hella Geswina" bringen konnte, die im kleinen Hafen unterhalb der Burg lag. Es war klar, dass ein legaler Erwerb ausgeschlossen war. Johannes war auch klar dass, wenn die Wachen ihn erwischen würden, er bestenfalls geköpft werden würde, nicht zu denken an die Foltern, die der Ordenshauptmann an ihm anwenden würde...

Johannes Holewer sah sich um. Es war ein warmer Augusttag und die Stadt lag jetzt, um die Mittagszeit, in fast völliger Ruhe. Die Wohlhabenden machten einen Mittagsschlaf in ihren weichen Betten, die Anderen in irgendeiner schattigen Ecke. Schon bald würde die Stadt zu neuem Leben erwachen.

Holewer winkte und sechs kräftige Matrosen der „Hella" in einfache Kattunkittel gekleidet, schoben einen flachen Karren auf dem Stroh lag, heran.

Johannes trug das Ornat eines Sekretärs des Kompturs, des obersten Befehlshabers des Ordens, das ihm ein bestochener Schneider in der letzten Nacht angefertigt hatte.

Nun zog Johannes eine mit einer Kordel zusammengehaltene Papierrolle hervor, ebenfalls gefälscht und teuer von einem trunksüchtigen Schreiber erworben.

Johannes, gefolgt von den Matrosen mit der Karre, schritt über die Zugbrücke auf die beiden Soldaten zu, die das Portal der gewaltigen Burg zu bewachen hatten.

„Halt Schreiber, was ist Dein Begehr?" fragte der eine. Johannes wischte sich das verschwitzte Gesicht, dann entrollte er das mit einem Siegel versehene Dokument.

„Heiß heute", murmelte er. „Wir müssen die silberne Madonna ohne Aufsehen zur Silberschmiede am Hafen bringen. Sie muss für die Feierlichkeiten zum Jahrestag der Schlacht vom Tempelberg geputzt und ausgebessert werden. Hier lies. Der Komptur selbst hat es angeordnet."

Der Posten konnte natürlich nicht lesen und sein Offizier schlief..., aber das große Siegel tat seinen Zweck.

„Ihr könnt passieren", sagte der gelangweilte Soldat und zog sich wieder in den Schatten zurück.

Der Burghof war ebenfalls leer. Die Sonnenglut stand drückend in dem windstillen gepflasterten Hof, auf dem die Räder des Karrens viel zu laut polterten. Johannes sah sich unsicher um. Dann winkte er seinen Männern und sie öffneten die Tür der Kapelle. Niemand zu sehen...

Sie schoben den Karren bis zu der Säule, in deren Nische die Madonna stand. Johannes sah sie ehrfürchtig an. So echt, so lebendig sah sie aus mit ihrem gütigen Gesichtsausdruck. Ein Schauer überzog ihn. War das nun ein Sakrileg, für das die ewige Verdammnis drohte?

„Nein", entschied er. Er brachte die Figur ja in eine andere Kirche, wo ungleich mehr Menschen sie verehren konnten. Es war schwere Arbeit für die sieben kräftigen Männer, aber gemeinsam schafften sie es, die Statue auf das Stroh zu legen.

Johannes bedeckte sie sorgfältig mit ein paar Decken. Er konnte es fast nicht begreifen, dass sein dreister Plan so einfach auszuführen war. Der Orden konnte sich eben nicht vorstellen, dass jemand es wagen würde, in ihrem Reich so einen Diebstahl zu versuchen. Und so gelang eben das.

Der Posten am Tor nickte und sah ihnen nach. Niemand hielt sie an und dann lag die „Madonna von Padua" im Laderaum der „Hella Geswina", der schwache ablandige Wind füllte das große quadratische Segel, und die Kogge verließ den Hafen.

Das Verschwinden der Madonna wurde erst am Abend entdeckt und niemand stellte eine Verbindung zu der Kogge her, die bis zum frühen Nachmittag am Pier gelegen hatte. Einer großen Aufregung folgte eine Untersuchung des Rates. Es gab viele Hausdurchsuchungen und Befragungen, aber die Madonna blieb verschwunden.

Der Wind wehte sehr vorteilhaft für die „Hella". Diese Koggen konnten ja nicht kreuzen und wenn er aus Westen geweht hätte... Aber er wehte aus Osten. Als sie Wismar passierten, lag dort eine andere Kogge vor Anker. Sie war kleiner und beweglicher als die „Hella". Meinhard von Westerrade, dem Johannes vertraut und um

Rat gefragt hatte, wie der Diebstahl zu machen wäre, grinste und ließ Segel setzen und in der Dämmerung enterten die Männer des Ritters die „Hella Geswina" und töteten die Besatzung bis auf den letzten Mann. Meinhard selbst trat mit gezogenem Schwert Johannes entgegen, der ihn entsetzt um Gnade bat.

„Danke für die Madonna, mein Freund", sagte der Ritter und als Johannes schon aufatmen und den Ritter seiner Freundschaft versichern wollte, stieß ihm Meinhard das Schwert ins Herz.

Die Madonna wurde umgeladen und die „Hella Geswina" trieb, nachdem Meinhards Steuermann eine Fackel auf das ausgetrocknete Deck der mit Leichen bedeckten Kogge geschleudert hatte, als brennendes Wrack auf die Küste bei Boltenhagen zu.

Meinhard von Westerrade blieben zwei Monate, um sich an der Statue zu erfreuen. Eine Söldnertruppe der Lübecker beendete seine Regentschaft. Die Lübecker hatten genug von der fortgesetzten Piraterie und Hehlerei des Neustädters. In letzter Minute vor der Erstürmung Neustadts, vergruben treue Knechte des Ritters dessen umfangreichen Beuteschatz, inklusive der Madonna, auf dem hohen Ufer bei Sierksdorf. Nach der Schlacht wollten sie ihn dort bergen und zurückbringen, aber die Schlacht ging verloren und alle beteiligten Knechte verloren ihr Leben und niemand mehr wusste von dem Versteck und dem Verbleib der „Madonna von Padua".

Sechshundertfünfzig Jahre lang!

Sailor

Sailor war ein guter Hund gewesen. Konrad Eisler hatte den schwarzweißen Mischling behalten, nachdem ihn seine Frau Irma verlassen hatte. Sie hatte den Hund mit in ihre Ehe gebracht, aber dann hatte sie beide im Stich gelassen, Konrad und Sailor.

Fast fünf Jahre hatte Sailor den Abgang von Irma überlebt und für beide, Mann und Hund, war die erste Zeit schwer gewesen.

„Verdammtes Weib...", knurrte Konrad, während er den alten Opel Kombi vorsichtig den schlammigen Waldweg entlang steuerte.

Sailor hatte immer auf dem Rücksitz gelegen, wenn er mit dem Auto unterwegs war und jetzt lag Sailor ebenfalls da, wenn auch tot! Wie genau er gestorben war...

Konrad hatte wie immer um 06:30Uhr die Küche der umgebauten Gartenlaube, die er bewohnte betreten und Sailor war, anders als sonst üblich, in seinem Korb liegen geblieben.

Konrad hatte ihn zweimal gerufen und als sich der Hund dann immer noch nicht bewegte...

Tja, nun lag Sailor auf dem Rücksitz und wurde zu seiner letzten Ruhestätte gebracht. Sie waren immer am Steilufer bei Sierksdorf spazieren gegangen und es gab dort wohl keinen Baum, an dem Sailor nicht sein Bein gehoben hatte.

Das Frühjahr stand vor der Tür, aber noch war es nicht so weit und um diese Zeit war sicher niemand dort oben.

„Klack, klack" machten die Scheibenwischer. Es nieselte und Konrad fluchte wieder. „Verdammtes Weib!"

Es war sein Standartfluch, seitdem Irma gegangen war. Konrad hielt an der Biegung, von der aus man schon das Meer sehen konnte. Hier hatten sie immer geparkt. Konrad hatte dann die Hintertür geöffnet und Sailor war heraus gesprungen und sofort zum ersten besten Baum.... Tja!

Konrad sah sich sorgfältig um. Niemand zu sehen. Nachrichten-Zeit. Schon ziemlich finster hier unter den Bäumen. Aus dem Kofferraum entnahm er seinen Spaten, dann die Reisetasche vom Rücksitz, in der Sailor lag…, schon steif und verwirrend leblos.

„Armer Sailor, Verdammtes Weib!" knurrte Konrad. Er ging den schmalen Pfad entlang, der Sailors Lieblingsweg gewesen war. Immer noch alles ruhig. Konrad setzte die Tasche ab und sah sich um. Dort…, dort am Fuß der alten Buche, deren knorrige Wurzeln die Erde wie Tortenstücke aufteilten. Er grub fast gedankenlos, aber konzentriert. Achtzig Zentimeter tief, einen Meter lang, einen halben breit. Der Boden war fester, als er gedacht hatte.

„Verdammtes Weib!" sagte er und sprang in die Grube, um mit der Spatenspitze den Boden locker zu hacken. „Klong …"

Was war das? Sein Spaten war auf etwas gestoßen, das hart war und diesen Ton abgab. „Klong-klong ." So ein Mist, auch das noch. Konrad hatte keine Lust auf diese schwere Arbeit. Eigentlich hatte er schon seit langem keine Lust mehr auf irgendeine Arbeit. Die Stütze, Hartz4 hieß das ja jetzt, reichte ihm. Da stand die Tasche mit Sailor darin.

„Nützt ja nix…", dachte Konrad und machte weiter und dann bekam er große Augen und wollte ihnen nicht trauen. So was gab`s doch nur im Fernsehen … Eine Truhe! Holz schon verfault. Sein Spaten war auf einen eisernen Beschlag gestoßen. Gold, Münzen, Schmuck … Alles lag da im Dreck und Konrad schwitzte plötzlich und musste sich erstmal setzen. „Verdammtes Weib!"

„Was mach ich jetzt?", dachte er. Sein erster Impuls war „Polizei anrufen. Finderlohn.", aber dann, dann dachte er an all die Ungerechtigkeiten, die das Leben ihm serviert hatte. Angefangen von der langweiligen Jugend; er war in Sarkwitz aufgewachsen…, über die abgebrochene Schulkarriere und die frustrierende Arbeit als Automechaniker bis hin zu Irma.

Irma, sie war sein Highlight gewesen. Seine erste und einzige Frau. Sie hatte ihn dazu gebracht, sich als Autoverkäufer zu versuchen. Damals gab es einen wirtschaftlichen Höhenflug und die Wagen gingen weg wie warme Semmel. War keine Kunst gewesen die Kisten zu verhökern. Irma hatte das Geld - viel schnelles Geld war hereingekommen - noch schneller wieder ausgegeben und als die Wirtschaft nicht mehr so brummte, lief sie sofort mit dem erstbesten Heini davon...

Konrad spuckte aus. „Verdammtes Weib!" Es gab immer noch den Vollzugstitel, aber einem nackten Mann – finanziell gesehen war Konrad splitterfasernackt – konnte man ja nicht in die Tasche greifen.

Nee, von dem Schatz da würde keiner was erfahren. Nur.. wie sollte er das deichseln? Erstmal grub er ein anderes Loch für Sailor. Konrad konnte jetzt fast nichts mehr sehen und beeilte sich. Zu allem Übel tat sein Rücken weh vom Graben. Er war zwar erst etwas über sechzig, aber schlecht in Form. Endlich war das Loch groß genug und er stellte die Reisetasche mit Sailor hinein. Nach der zweiten Schaufel Erde kam ihm ein Gedanke und er nahm Sailor aus der Tasche und legte ihn so ins Grab.

„Tut mir leid, alter Freund, die brauch ich noch", knurrte er und verscharrte den Hund. Konrad verwischte sorgfältig die Spuren und häufte altes Laub, Buschwerk und kleine Äste auf die Stelle. Dann ging er zum ersten Loch zurück. Er musste sich jetzt weitgehend auf seinen Tastsinn verlassen, knickte prompt mit dem Fuß um und stöhnte auf. Oh Scheiße, tat das weh! Er legte sich neben das Loch und griff mit einer Hand in die Truhe. Er konnte in diesem diffusen Licht nicht richtig sehen, was er da in der Hand hatte, aber es fühlte sich nach Münzen an. Ein warmes Gefühl überkam ihn. Reich! Wahnsinnig reich... Drei Hände voll holte er hoch. Jetzt bloß keine Fehler machen. Einmal noch griff er nach unten und bekam etwas schweres, Großes zu fassen. Ein Leuchter oder so was. Na ja, er würde es später genau untersuchen. In seiner Küche. Erstmal buddelte er das Loch wieder zu und tarnte es wie zuvor Sailors Grab. Morgen würde er wiederkommen. Er nahm die Tasche, in der statt des toten Hundes nun seine Zukunft lag und sah sich noch einmal um. Verdammt, fast hätte er den Spaten vergessen! Dort hinten lag Sailor...

„Danke Sailor!... Verdammtes Weib!" murmelte er und hinkte- der blöde Fuß tat immer noch asig weh- zu seinem Auto zurück.

Schlafen war erstmal nicht in dieser Nacht. Auf dem Heimweg war er bei der ersten Tanke in Fahrtrichtung Neustadt eingebogen und hatte eine Flasche Mariacron und eine Dose Würstchen gekauft. Von seinem letzten Geld in der Hosentasche. Egal jetzt, das musste doch gefeiert werden.

Später, viel später sah die Welt ganz anders aus. Konrad war in der Wanne gewesen und der Fuß tat nicht mehr so weh. Die Flasche Mariacron war halb leer und Konrad voll. Auf dem Küchentisch stand ein vierarmiger

Kandelaber aus reinem Gold und Konrad hatte nach einigem Suchen ein paar übrig gebliebene Weihnachtsbaumkerzen gefunden, die nun in dieser edlen Fassung blakten. Drei sorgfältig geschichtete Münzsäulen davor. Mit dem Kleenex-Tuch geputzt und gezählt.

Einundzwanzig Münzen mit dem Lübecker Doppeladler drauf. Sicher auch aus Gold, und doppelt so viele aus Silber oder so, unbekannter Herkunft. Unbekannt jedenfalls für Konrad.

Er wollte nachdenken, überlegen was er mit dem Zeug anfangen konnte. Wo er es verhökern könnte, aber er schlief am Tisch ein, den Kopf neben dem Leuchter, der früher mal auf der Tafel eines Edelmannes gestanden haben mochte und in dessen Fassungen die Weihnachtsbaumkerzen von Aldi nach und nach erloschen.

Der nächste Morgen kam wie ein graues Ungetüm über Konrad Eisler. Furchtbarer Albtraum musste das gewesen sein, aber er konnte sich nicht erinnern, was... Dämmerlicht kam durchs Fenster und er lag auf dem Sofa. Neben seinem Kopf auf dem Häkelkissen „noch von Muttern"... Kotze! Eingetrocknet schon, aber gestern war die noch nicht da gewesen. Er rappelte sich auf, Aua tat das weh! Fuß und Kopf! Was zum Teufel... Konrad taumelte ins Bad und erschrak, wie fast immer, vor seinem Spiegelbild.

Alter Mann, unrasiert, bekotzt, besoffen faltig... Oh..!

Es kam ihm wieder hoch, aber jetzt war das Klo in der Nähe. Sailor fiel ihm ein. „Sailor?" rief er, aber nichts rührte sich. Konrad wischte sich das Gesicht mit dem schmutzigen Handtuch ab, das an der Heizung hing. Erst in der Küchentür erinnerte er sich. Kein Sailor mehr, dafür…Gold !

„Verdammtes…" Er brach ab, sah die halbvolle Weinbrandflasche und nahm einen großen Schluck. Au, wie brannte das im Schlund, aber nun konnte er klar denken. „Heilige Scheiße…, was mach ich bloß", dachte er. „Kaffee erstmal!" entschied er.

Eine halbe Stunde später ging es ihm besser. Kaffee und Grundreinigung. Die Zahncreme hatte den letzten faden Geschmack vertrieben und jetzt… Angst kam auf. Angst, dass jemand „seinen" Schatz finden würde. Der Förster vielleicht. Hatte er auch alles gut getarnt? Es war so dunkel gewesen gestern. Panisch nahm er seine Jacke und fuhr nach Sierksdorf. Er sprang aus dem Auto und lief, so schnell es sein ramponierter Knöchel erlaubte, zu der Buche.
Schneller Rundblick, keiner zu sehen. Langsam beruhigte sich sein Herzschlag. Ächzend setzte er sich an den Stamm des Baumes. Jetzt am Vormittag, schien sogar ein bisschen die Sonne. Durch die Büsche und zwischen den Baumstämmen glitzerte die Ostsee. Vögel sangen vor Freude über das baldige Frühjahr. Ja, das würde „sein" Jahr werden.

„Verdammte Irma, geh zum Teufel", sagte Konrad und nahm sich vor, sie endgültig zu vergessen. Mit dem Geld könnte er... würde er ein neues Leben beginnen. Neues Haus, neues Auto, neue Gegend...Ne hier ist es schön, aber eine neue Frau. Jaaa!

„Wird sich schon eine finden, wenn ich bei Kasse bin", dachte er.

„Kann ich Ihnen helfen?" Er schrak auf. Vor ihm stand ein Mann, der sein Fahrrad fest hielt. Konrad hatte ihn schon oft hier getroffen.

„Nein, nein, alles in Ordnung. Danke." Auch der Radfahrer kannte Konrad und seinen Hund.

„Sie wissen, dass sie jetzt ihren Hund an der Leine führen müssen. Schonzeit", erinnerte der Mann, der engagierter Naturschützer war, Konrad. „Wie? Ach so. Nein, mein Hund lebt nicht mehr. Hänge nur Erinnerungen nach", sagte Konrad und der Radfahrer sagte tatsächlich „Mein Beileid" und schob ab.

Konrad war klar, dass er das Gold so schnell wie möglich wegbringen musste. Heute Nacht. Nachtschicht! Aber wohin? Keller hatte er keinen, aber einen kleinen Schuppen auf dem Grundstück. Schnell vergewisserte er sich, dass keine sichtbaren Spuren zurückgeblieben waren und fuhr heim.

Der Schuppen war unordentlich und gerammelt voll mit Sperrmüll. Es kostete Konrad eine Stunde, das Zeug auf den ungemähten Rasen zu stapeln. Kaffeepause. Er japste. Kaute an einem übrig gebliebenen Würstchen von Gestern, dann ging es weiter. Loch graben im

Schuppen. Wohin mit dem Aushub? In die Ecke erstmal.

„Muss im Baumarkt eine Plane kaufen", dachte er, aber er hatte nur noch einen Zehner. „Absurd", dachte er. „Steinreich, aber keine Kohle". Er musste etwas unternehmen deswegen. Jemanden finden, der.... Einen Hehler. Antiquitätenhändler oder so. Aber erst Morgen. Heute musste er die Beute erstmal sichern.

Sein Rücken tat wieder weh. Blöde Buddelei, aber ab morgen würde er nie wieder so schwere Arbeit anfassen!

„Na ? Aufräumen, Herr Eisler?" Frau Mölter von nebenan spähte über die Hecke. „Geht Sie nichts an", knurrte Konrad und ärgerte sich. „Puh", machte Frau Mölter und zog sich zurück.

Nun kam das Warten und die Unruhe. Wenn der Förster nun doch.. Schon früh am Abend fuhr Konrad nach Sieksdorf zurück. Saß am Baum und hatte Angst, aber auch Glück. Es hatte wieder zu nieseln begonnen und niemand hatte mehr Lust auf Waldspaziergang.

Jetzt? „Jetzt!", entschied er und begann zu graben. Schon wieder, aber diesmal war die Erde lose von gestern und es ging leicht. Als er die Truhe erreichte, machte er Pause. Dann holte er die Schubkarre aus dem Kombi. Rücksitze umgeklappt, passte die da rein. Konrad ließ sich Zeit. Bald brauchte er die tragbare Lampe, die er mitgebracht hatte. Alles erstmal in den Wagen. Gucken konnte er später. Zwei Schubkarren voll. Zwei Schubkarren!!!! Und noch war das Loch nicht leer. Der Opel war hinten schon viel tiefer gesackt. Die Stoßdämpfer waren verschlissen. Konrad musste abbrechen für heute. Ihm war nicht wohl dabei. Ging aber nicht anders. Also tarnte er die Grube wieder und fuhr heim. Hinten an der Achse knarrte es unangenehm. „Kann mir bald `ne neue Karre leisten", dachte Konrad. Er hatte Glück. Frau Mölter schlief schon. Sie war eine große Freundin einer kleinen Flasche Rum im Tee….

Konrad legte die neue Plane –Teuer… 4,99€- ins Loch und schüttete die Sachen aus der Karre. Es schepperte! Mist! Konrad lauschte, aber bei Mölter rührte sich nichts.

Die Laube auf der anderen Seite war unbewohnt. Gott sei Dank. Konrad war jetzt vorsichtiger und leiser, aber so war er erst gegen Vier im Bett. Todmüde und kaputt. Morgen….. „Morgen geht's weiter", dachte er noch und dann schlief er.

Das Loch reichte kaum aus. Aber dann war es geschafft und Konrad schleppte den Sperrmüll wieder rein und häufte ihn über sein Versteck.

Aber die große Figur.. Was sollte er damit machen?   Die konnte er nicht heben. Viel zu schwer für ihn.

Es war in der zweiten Nacht gewesen, als Konrad die Madonna fand. Erst dachte er, da wäre nur so ein Kopf, eine Büste oder so, aber als er den Hals freigelegt hatte, war da kein Ende… Busen, Arme… Er zog und rüttelte, aber es bewegte sich nichts. Ihm war klar, dass diese

Figur sicher extrem wertvoll sein konnte, also verwarf er die kurze Idee vom Zersägen.

Er kam zu dem Schluss, dass er sie hier lassen musste. Verstecken so gut es ging und dann irgendwie verhökern. Sollte sich doch der Käufer einen krummen Rücken heben. Zum Abschluss, als alles wieder unauffällig aussah, schlurfte Konrad- ja, nun konnte er nur noch schlurfen. Völlig fertig war er - zu Sailors Grab.

„Danke Sailor, hab ich nur Dir zu verdanken", murmelte er und ihm kamen die Tränen.

Ellens Rückkehr

Der Himmel war so trüb wie ihre Stimmung. Das „neue Leben" hatte nicht ganz vier Wochen gedauert. Fast bis zuletzt hatte sie auf das befreiende Klopfen an der Hotelzimmertür, das Piepen ihres Handys gehofft. Auf die Nachricht, dass ihr Koffer, in dem zwischen ihren Slips ihre Zukunft, das Geld, das sie mit Paul Schrothoff von Nina erpresst hatte, versteckt lag…, dass dieser Koffer sich angefunden hätte.

Zwanzigtausend Euro hatte sie zur Sicherheit in ihrer Handtasche gehabt und die waren in Florida so schnell zusammengeschmolzen, wie die Eiswürfel in ihrem Cocktail.

So war sie also wieder in Hamburg. Wie mochte es wohl Paul gehen?   Ein bisschen beklommen war ihr zumute. Hatte er ausgesagt? Wartete Zuhause eine Vorladung auf sie?

Sie hatte ihn da reingeritten. In den Mord an Nina und Dirk. „Nein!" Sie schüttelte energisch den Kopf. Das hatte er alles ganz allein sich selbst zuzuschreiben. Während all der Tage in Florida hatte sie darüber nachgedacht. Über alles...

Sie hatte keine Ahnung, wie es nun weitergehen sollte. Über die Fußgängerbrücke ging sie zur Preetzer Straße. Eigentlich hatte sie wenig Hoffnung, dass ihr Polo dort noch stehen würde, aber er war da.   Voller Vogelkot und mit drei Strafzetteln unter den Wischerblättern, aber noch da.

Gut, dass sie die Schlüssel nicht weggeworfen hatte. Er sprang sogar an und sie fühlte sich plötzlich wieder heimisch in dem kleinen Wagen.

Die Fahrt nach Lübeck verlief nervtötend langsam. Die Baustelle war immer noch nicht beseitigt.

Endlich war sie da und schloss die Haustür auf. Ihr Briefkasten quoll über, aber das Meiste war Werbung, die sie gleich in die Mülltonne warf. Ein paar Briefe, unter anderem einer mit dem Absender „Kriminalpolizei Hamburg".

Sie zitterte, als sie die Wohnungstür öffnete. Es roch muffig und sie stellte den Koffer ab und riss die Fenster auf.   Sie sah die leere Cognacflasche und die Tablettenschachtel auf dem Couchtisch. Die Spuren der letzten Nacht mit Paul.   Dann saß sie auf dem Küchenstuhl und zerknüllte den Brief in ihrer Hand. Tränen rannen über ihr Gesicht. Tränen der Trauer aber wie sie feststellte, auch Tränen der Erleichterung. Paul hatte sich umgebracht, ohne sie zu verraten!

Sie wurde nur um eine Zeugenaussage gebeten, weil sie ja wohl Paul Schrothoff möglicherweise im Zuge ihrer Ermittlungen zuletzt gesehen hatte. Sie würde später dort anrufen. Sie stand auf und ging zu ihrem Telefon im Flur. „Sie haben zehn neue Nachrichten", stand auf dem blinkenden Display

Asbach

Voraus kam der Bogen der Fehmarnsundbrücke hinter der Landzunge in Sicht. Jörn ließ die „Asbach" durch den Wind gehen und die Fock schlug, bis Harald die Schot auf der neuen Leeseite um die Winsch geschlungen und mit der Kurbel dicht geholt hatte. Er befestigte das Seil in der Klemme und lehnte sich entspannt zurück. „Manöverschluck?" fragte er und Jörn nickte. „Klar, Mann." Harald turnte den Niedergang hinunter und brachte der Einfachheit halber die Sherryflasche und zwei Gläser mit hinauf, denn schließlich hatte der Nachmittag erst begonnen und es würden noch einige Wenden folgen.

Jörn Klausen hatte den ganzen Winter über Inserate in den verschiedenen Seglermagazinen und Kleinanzeigenblättern studiert. Angestrichen, angerufen, angesehen... Er war durch halb Mecklenburg-Vorpommern, Niedersachsen und natürlich Schleswig Holstein gefahren und hatte Boote angeguckt. Zuerst hatte er eine klare Vorstellung von seiner „Traumyacht" gehabt, aber die war ihm angesichts der Tatsachen abhanden gekommen. Die Boote, die seinen Träumen entsprachen, konnte sein vorhandenes Budget nicht bezahlen und die, für die es reichte, waren keine Traumyachten, sondern ältere Boote, teilweise in schlechtem Zustand oder viel kleiner, als es seinen Wünschen entsprach. Die „Asbach" konnte man unter diesen Umständen beinahe als Glücksgriff bezeichnen. Beim Schlendern durch den Großenbroder Yachthafen war Jörn das dunkelrote Boot aufgefallen, das vom Typ her schon älter war, aber tiptop gepflegt schien. Die Leinen sauber aufgeschossen und die Holzteile geölt und fast glänzend. Ein Pappschild hing am Bugkorb. „Zu verkaufen" stand darauf und eine Telefonnummer.

Jörn hatte sie in sein Handy eingespeichert und mit der eingebauten Kamera ein paar Fotos gemacht. So ganz entsprach sie nicht seinen Wünschen, aber am folgenden Samstag, nach fünf weiteren enttäuschenden Besichtigungen, wählte er die Nummer. Es läutete lange, bevor jemand abnahm.

„Meestermann?" sagte eine Stimme, die offensichtlich einer älteren Frau gehörte. „Ich rufe wegen dem Boot an...", sagte Jörn und zwei Tage später saß er am Küchentisch des gemütlichen kleinen Hauses in Großenbrode, trank Kaffee, den Frau Meestermann aus einer großen Kanne einschenkte und hörte sich höflich Geschichten über ihren Mann an, der vor zwei Monaten verstorben war. Er fragte vorsichtig nach dem Preis und sie sagte „Zwanzigtausend Euro", wie ihr Nachbar es ihr geraten hatte und er trank einen Schluck Kaffee, wiegte den Kopf und sagte „15.000..." und sie nickte. Auf einem Briefbogen, den sie aus einer Schreibmappe nahm, schrieben sie einen Kaufvertrag. „.....Wie besehen!", worauf sie achtete, denn diese Floskel kannte sie von früher her.

Sie hatte keinen Scanner und keinen Kopierer, deshalb schrieben sie auch das zweite

Exemplar per Hand und unterzeichneten und dann hatte Jörn seine Yacht.

Sie hieß „Ilse", wie die Witwe, aber er ließ in Neustadt Aufkleber drucken und am Wochenende stieg im Hafen eine Taufparty und von da an hieß das Boot „Asbach", was Jörn witzig fand und auf das Alter der Yacht anspielte.

Harald Heintze war ein bisschen neidisch auf seinen Freund, aber da er nun vermutlich öfter mal mitsegeln konnte...

Von rechts kam ihnen ein Zweimaster hoch am Wind entgegen und Jörn wurde unruhig, denn die Distanz verringerte sich rasch. Seinen Segelschein hatte er vor fast zwanzig Jahren gemacht und so ganz war er sich über Wegerecht und Vorfahrtsregeln nicht mehr im Klaren. Wenn Boote in spitzem Winkel aufeinander zufahren, ist es mitunter sehr schwierig die Entfernung einzuschätzen und Jörn verschätzte sich gründlich.

„Ich glaub, der hat Vorfahrt...", sagte Harald und Jörn stieß die Pinne von sich, was die „Asbach" durch den Wind gehen ließ. Ein reißendes Geräusch kam vom Segel her und die „Asbach" schaukelte, denn der Zweimaster rauschte kaum drei Meter entfernt mit schäumender Bugwelle an ihnen vorbei. „Idiot...Armleuchter...Blödmann!"

Noch ein paar solch netter Zurufe kamen aus dem Cockpit des großen Bootes, dessen Skipper Jörn spöttisch zuwinkte.

Die „Asbach" schaukelte in der Hecksee der Ketsch und Jörn sah, dass das Großsegel im oberen Drittel einen langen Riss von der Hinterkante, dem Achterliek, bis fast zum Mast hin aufwies. „Mist, Mist, Mist...", jammerte Jörn, dessen Finanzen ohnehin keine Reserven mehr aufwiesen. „Zahlt das die Versicherung?" fragte Harald und Jörn sah ihn finster an. „Hab noch keine abgeschlossen... Wollte ich Montag machen. Harald half ihm, das Großsegel vorsichtig herunterzuholen und sie segelten unter der Fock nach Großenbrode zurück.

Manuel Drewitz genoss es, endlich wieder einen geregelten Schreibtischjob zu haben. Sollten sich doch Leute wie diese „Expolitesse", wie er Ellen Hamann abfällig titulierte, um die kleinen Betrüger kümmern. Er biss genussvoll in sein Frühstücksbrot, als das Telefon klingelte und legte es missbilligend auf eine Akte.

„Seaguard- Versicherungen, Drewitz...", sagte er mit vollem Mund und Jörn fragte nach.

„Wer ist da? Ich wollte die „Seaguard-Versicherung." Drewitz schluckte den Bissen hinunter und war nun ganz Vertreter.

„Ja richtig, da sind sie richtig bei mir. Was kann ich für sie tun?" Jörn erzählte ihm, dass er ein Boot gekauft hätte und Drewitz nahm die Adresse auf und versprach Prospekte zu schicken. „Aber sie sollten nicht zu lange warten... Zurzeit sind sie nicht versichert. Sie können bei mir einen „Sofort-Schutz" bekommen, wenn Sie jetzt gleich abschließen. Die Konkurrenz ist auch nicht billiger...Hahaha"

Er lachte in den Hörer und Jörn schloss am Telefon Haftpflicht-, Kasko- und Insassenversicherung ab.

„Schicken Sie mir eine Kopie vom Kaufvertrag und ein paar Fotos von außen und innen ihrer schönen Yacht. In drei Tagen haben sie ihre Police und dann kann kommen was will... Die „Seaguard" ist an ihrer Seite. Hahaha."

Jörn bedankte sich und legte auf und Drewitz biss in sein Brot und freute sich. Zehn Minuten am Schreibtisch und schon eine fette Provision verdient.

Harald konnte es nicht fassen. „So einfach ist das? Der hat sich das Boot doch gar nicht angesehen... Du hättest sonst was erzählen können." Jörn schüttelte den Kopf.

„Der hat gesagt, ab Fünfzigtausend gelten andere Regeln... Boote wie die „Asbach", das ist für die wohl nur Nebengeschäft."

Sie achteten von jetzt an sorgfältig auf Boote, die ihren Weg kreuzten. Das neue Segel leuchtete in der Sonne. Jörn hatte das Alte nähen lassen wollen, aber der Segelmacher hatte abgeraten. „Da können Sie Einkaufsbeutel draus machen", hatte er gesagt und Jörn zu einem Neuen geraten. „So teuer?" hatte Jörn gestöhnt, als er den Preis hörte.

Der Segelmacher grinste ihn an und zog ein Augenlid mit dem Zeigefinger herunter.

„Haben Sie eine Kasko-Versicherung? Wir sagen dazu auch „Wünsch Dir was...".

Er sah Jörn erwartungsvoll an. Jörn verzog das Gesicht.   „Ja, aber erst seit dieser Woche. Da kann ich doch nicht gleich einen Schaden melden..." Der Segelmacher nickte.   „Das ist denen Wurscht, merken die gar nicht, aber wenn Sie wollen, schicke ich Ihnen die Rechnung erst in..., sagen wir zwei Monaten. Mit entsprechendem Datum und dann melden sie den Schaden. Na?"   Jörn starrte ihn an, dann schlug er ein und nun stand das neue Segel stolz im Wind.

Harald Heintze lief wie ein Schosshund hinter Herrn Dr. Dreier her. „Und das..., darauf müssen Sie die Leute hinweisen. So einen Kachelofen gibt's heut gar nicht mehr."   Harald nickte und schrieb auf. Er würde später, nächste Woche oder so, mit einer Kamera hier durchlaufen und Fotos für das Expose auf seiner Homepage machen.   „Und nicht unter 350.000...", knurrte Dreier, der es eilig hatte, denn morgen schon würde das Umzugsunternehmen kommen und die Möbel zur Einlagerung abholen. Dr. Dreier und seine Frau standen im Begriff, nach Argentinien auszuwandern.

Ein halbes Jahr lang hatten andere Makler versucht, das Haus am Rande von Sierksdorf zu verkaufen...Vergeblich.   Nun war die Reihe an Harald Heintze, dem das Wasser finanziell bis zum Hals stand und der hoffte, endlich einmal wieder Erfolg als Immobilienmakler zu haben.

„Natürlich, Herr Doktor. Gar kein Problem. Ich kann mir gar nicht vorstellen, warum die Kollegen dieses Anwesen nicht verkaufen konnten. Ich garantiere ihnen..." Dreier hörte im schon lange nicht mehr zu.

„Hab jetzt keine Zeit mehr", knurrte er. „Wir fliegen am Montag. Hier sind Schlüssel und die Unterlagen haben sie ja schon. Wir sind vorerst im der „Residencia Moreno" in Buenos Aires erreichbar. Telefonnummer und Email Adresse haben sie auch...?" „Jawohl Herr Doktor", versicherte Harald und dann war er entlassen. An der Strasse drehte er sich um und sah zweifelnd das alte Haus an. „350.000... Puh"

Aber er würde es mit aller Kraft versuchen, denn seine Courtage betrug 5% und das würde ihn eine Weile über Wasser halten.

Vier Wochen später sah die Lage schon brenzliger aus. Ein paar Kunden hatten sich das Objekt angesehen, aber keiner schlug zu. Auch sonst nichts. Der Immobilienmarkt war tot, was sein Geschäft betraf und Harald Heintze machte sich Gedanken...

„Sag mal, die wollten wirklich keine Nachweise über das Boot bei der Versicherung? Seriennummer und so weiter? Jörn schüttelte den Kopf. Sie waren wieder mal auf See und die „Asbach" schaukelte in der Mittagsflaute zwischen Grömitz und Dahme.

„Nur so ne Idee..." sagte Harald und Jörn sah zu ihm hinüber. „Also angenommen, ich schreib mir selbst so einen Kaufvertrag, mach ein paar Fotos von irgendeinem Boot und versichere das. Dann gehe ich zur Polizei und melde das erfundene Boot als gestohlen..."

Jörn dachte nach. „Ja, wenn Du Vollkasko versicherst, müssen die wohl zahlen. Man müsste das natürlich gut vorbereiten. Die würden vielleicht den Vorbesitzer fragen oder so..."

Sie redeten noch eine Weile über das, was man tun müsste, um die Sache wasserdicht zu machen. Jörn hielt das für so eine Schnapsidee von Harald. So eine Spinnerei in der Sonne, und deshalb war er überrascht, als Harald ihn zwei Tage später aufsuchte und ihm einen detaillierten Plan präsentierte.

„Du brauchst nur das Boot zu mieten und vielleicht, wenn überhaupt einer fragt, mein Alibi bestätigen. „20% für Dich!"

Jörn dachte nach. Achttausend Euro... Die würden seinem Konto auf die Beine helfen. „Ok", sagte er und Harald schritt zur Tat.

Wieder war es Drewitz, der am Telefon war. Die letzten Wochen waren nicht so gut gewesen, deshalb überschlug er sich vor lauter Kundenorientierung.

„Natürlich ist Diebstahl versichert", sagte er als der Kunde danach fragte. „Kann ich monatlich zahlen?" fragte Harald noch und dann war die „Monika", so hatte er sein Phantomboot getauft, bei der „Seaguard" versichert.

Jörn hatte empfohlen ein Allerwelts-Serienboot anzugeben und so wurde es eine „Dehler" Harald schrieb den Privatkaufvertrag mit dem Computer und gab als Verkäufer Dr. Dreier und dessen Adresse an.

„Der ist in Argentinien, den können sie nicht fragen...", sagte er sich und schnörkelte die gefälschte Unterschrift unter das Dokument.

Jörn mietete für ein Wochenende eine entsprechende Dehler in Burgtiefe auf Fehmarn. Die Druckerei in Neustadt stellte „Monika" Aufkleber her, mit denen sie den richtigen Namen lose überklebten, als niemand in der Nähe war. Dann machten sie Fotos von innen und außen und fuhren nach Grömitz, wo sie einen Liegeplatz sehr nahe am Ufer wählten. Harald ging ins Hafenmeisterbüro und zahlte die Liegegebühr. Er stellte absichtlich dumme Fragen, wie..."Haben sie hier einen Brötchenservice?" und „Wo ist die nächste Kneipe?", obwohl sie praktisch neben einer festgemacht hatten. Harald wollte, dass der Hafenmeister sich an ihn erinnern würde.

„Was für ein Boot und wie ist der schöne Name?" fragte der Hafenmeister gleichmütig. „Monika", die Dehler da", sagte Harald und erhielt seine Quittung.

„Vielleicht möchte ich hier einen festen Liegeplatz mieten...", sagte Harald noch und der Hafenmeister gab ihm ein Faltblatt mit den Infos und Preisen. „Bloß nicht!", dachte er als er Harald nachsah.

Sie blieben über Nacht, genossen das Grömitzer Nachtleben und fuhren am nächsten Tag nach Burgtiefe zurück. Unterwegs zogen sie vorsichtig die Aufkleber ab, gaben das Boot dem Vermieter zurück und fuhren nach Hause. Die Unterlagen und Fotos wurden an die „Seaguard" geschickt und kurz darauf hatte Harald seine Police in Händen und zahlte die erste Prämie und damit war der Vertrag geschlossen.

Noch zwei Monate lang zahlte er die Prämie, dann mietete Jörn erneut die Dehler. Wieder kamen die Aufkleber über den Originalnamen und wieder legten sie direkt vor dem Hafenbüro an. Der Hafenmeister erkannte Harald sofort, als er eintrat.   „Na? Haben sie sich das überlegt mit dem Liegeplatz?" fragte er und Harald antwortete, er denke noch darüber nach.
„Ich habe erst wieder Dienstag Zeit. Kann ich das Boot so lange hier liegen lassen?"   „Klar", sagte der Hafenmeister und kassierte im Voraus.

Gegen 21Uhr lag der Hafen verlassen da. Sie waren extra an einem Sonntag gekommen, denn die meisten Eigner der Boote stammten aus Hamburg oder Lübeck und fuhren am Abend zurück. Der Hafenmeister schloss um 19Uhr sein Büro und fuhr heim. Sie warteten noch eine Stunde und legten dann ab. Jörn war etwas unruhig, denn er war noch nie im Dunkeln mit einem Boot unterwegs gewesen.
Es klappte wie am Schnürchen. Die Nacht war klar und die Lichter der drei Hoteltürme von Burgtiefe waren fast sofort zu sehen, nachdem

sie etwas nordöstlich von Grömitz waren. Harald entfernte die Aufkleber und zwei Stunden später gaben sie die Dehler beim Charterbüro ab, wo ein Angestellter etwas schimpfte, weil er extra auf sie hatte warten müssen. Harald gab ihm ein Trinkgeld und sie stiegen in seinen Wagen und überquerten die Fehmarnsundbrücke.

Harald wäre ein begabter Schauspieler geworden, wenn er sich dafür interessiert hätte. Jedenfalls gab er am Dienstag glaubhaft den fassungslosen Bootsbesitzer, der feststellt, dass sein schwimmender Untersatz nicht mehr da war.

„Sie haben doch gesagt, das Boot kann hier liegen bleiben und ich habe gedacht, Sie passen drauf auf!" schimpfte er den Hafenmeister an.

„Nun mal halblang", knurrte der zurück. „Wir passen nicht auf Boote auf, ist nicht unsere Aufgabe... Hab wohl gesehen gestern, dass ihr Boot weg war, aber ich dachte natürlich, sie haben es sich anders überlegt und sind noch abgefahren am Sonntag, nachdem ich weg war."

Er nahm seine Mütze ab und kratzte sich am Kopf. „Müssen wir ja wohl die Polizei holen, verdammt noch mal...", sagte er und dachte an den Imageverlust für „seinen" Hafen, wenn hier ein Boot gestohlen worden war.

„Aber sie haben doch gesehen, dass ich die „Monika" hier festgemacht habe, hier ist die Quittung, die sie selbst ausgefüllt haben!" schrie Harald aufgebracht.

„Ja..mmmh, weiß auch nicht. Ich ruf jetzt bei der Polizei an."

Er ließ Harald stehen und ging in sein Büro und kurz darauf fuhr ein VW-Bus der Polizei auf den Parkplatz. Harald ging mit den beiden Polizisten auf den Steg, an dem die „Monika" gelegen haben sollte und wo nur eine leere Wasserfläche zu sehen war. Der Hafenmeister sah aus seinem Büro, wie er heftig gestikulierte und dann den Beamten in den Bus folgte, wo ein Protokoll aufgenommen wurde. Harald erstattete Anzeige gegen „Unbekannt" und erhielt eine Kopie. „Damit melden Sie sich bei ihrer Versicherung", sagte der grauhaarige Hauptwachtmeister, der früher schon Bootsdiebstähle protokolliert hatte. In letzter Zeit hatte das aber nachgelassen.

„Meistens machen sich nur ein paar Jugendliche einen Jux und wollen eine coole Party auf einem Boot feiern", tröstete er Harald. „Die Kollegen von der Küstenwache finden die Yachten dann irgendwann in einem kleinen Hafen in der Nähe."

Harald nickte traurig und der Polizist klopfte ihm aufmunternd auf die Schulter und ging ins Hafenbüro.

„Nix gesehen, Manni?" fragte er seinen Skatbruder und der schüttelte den Kopf. „Mist auch...", schimpfte er. „Kein Unfall, keine Schlägerei, kein Garnichts die ganze Saison lang und nun das... Gibt böse Presse und ich muss einen Bericht fürs Rathaus schreiben". „Kannst nix machen.", entgegnete der Polizist. „Vergiss nicht, heut Abend Skat in der „Kogge"!" und der Hafenmeister lachte. „Fedder kriegt seine Abreibung, kannst glauben."

Der Polizeiwagen fuhr ab und Harald stand noch ein bisschen unschlüssig herum. Als der Hafenmeister das nächste Mal aus dem Fenster sah, war er verschwunden.

Drewitz war gerade nicht da. Ein anderer Sachbearbeiter nahm den aufgeregten Anruf entgegen, mit dem Harald Heintze den „Diebstahl" seiner „Monika" bei der „Seaguard" Versicherung meldete.

„Nun beruhigen Sie sich doch, lieber Herr Heintze", sagte er und erklärte, welche Unterlagen die Versicherung benötigte. „Drei Wochen warten wir in solchen Fällen, ob die Yacht angefunden wird...", sagte er noch. „Danach ist die Wahrscheinlichkeit, dass sie noch gefunden wird gering...und sie werden durch uns entschädigt.", versicherte der Sachbearbeiter und Heintze legte auf.

Dreimal war gleich wieder aufgelegt worden. Viermal hatte Drewitz von der „Seaguard" Versicherung angerufen und dreimal Micha. Zuletzt vorgestern. „Melde Dich doch mal...", hatte er gebeten.

Drewitz letzter Anruf war erst gestern gewesen und sie überlegte einige Zeit, ob sie ihn zurückrufen wollte oder nicht. Eigentlich hatte sie nicht damit gerechnet, überhaupt noch einen Job zu haben. Schließlich hatte sie sich nicht ordnungsgemäß abgemeldet. „Drewitz hier", sagte ihr Kollege, als sie dann doch die Nummer gewählt hatte.

„Wir haben einen Schadensfall, den Sie sich ansehen müssen. Paulsen hat Urlaub und die Anderen sind auch alle beschäftigt."

Er sagte das in einem Ton, der seine Vorgesetztenstellung zu Ellen deutlich machen sollte und sie sagte „Jawohl, eure Excellenz" und legte auf. „Wieder mal die letzte Wahl!", ärgerte sie sich. Sie ärgerte sich die ganze Fahrt lang über Drewitz, kam dann aber zu dem Schluss, dass er das nicht wert war. Eigentlich freute sie sich, dass es endlich wieder etwas für sie zu tun gab.

„Eine geklaute Yacht", sagte Drewitz als sie vor seinem Schreibtisch stand. Er bot ihr nicht einmal einen Stuhl an und schob ihr einen Aktenordner über den Tisch. „Alles drin, was damit zusammen hängt. Polizei hat ermittelt und für mich ist alles in Ordnung. Der arme Mann hat das Boot erst vor drei Monaten gekauft. Ist aber Vorschrift, dass sie sich das mal ansehen bei mehr als Dreitausend Schadenssumme, wissen Sie ja... Machen Sie einen kleinen Bericht und dann ist gut... Schlecht für`s Geschäft wenn die Yachties denken, wir sind pingelig."

Ellen steckte den Ordner wortlos in ihre Umhängetasche und wollte gehen.

„Ach hier... Wenn Sie sowieso nach Großenbrode fahren... Kleiner Schadensfall. Sie können dem Mann gleich seinen Scheck geben."

Ellen kam noch einmal zum Schreibtisch zurück und Drewitz gab ihr den Umschlag.

„Was war da los?" fragte sie. „Muss ja ein bisschen Smalltalk mit dem Mann machen." Drewitz nickte. „Natürlich. Musste ausweichen, weil so ein Segelrowdy ihm die Vorfahrt genommen hat und beim Ausweichen ist sein Segel gerissen. Sie wissen ja... Bisschen Blabla, wenn's geht ein Foto für unser Firmenblatt und das wir immer an seiner Seite sind..."

Die Sonne schien und Ellen setzte sich in ein Straßencafe, bestellte Cappuccino und las den Bericht über die gestohlene Yacht. „Ganz normale Geschichte", dachte sie. Das Protokoll der Grömitzer Polizei und der Ermittlungsverlauf waren beigefügt mit den Zeugenaussagen des Hafenmeisters und des Mitseglers, der mit Heintze zusammen in Grömitz gewesen war und der bestätigte, dass er die „Monika" dort zuletzt gesehen hatte. Ellen schloss die Akte und bestellte einen zweiten Cappu, den sie sehr genoss, denn den Ersten hatte sie während des Lesens zu sehr abkühlen lassen.

Sie steckte die Akte in die Tasche zurück und nahm den Umschlag heraus, um sich die Adresse zu merken, zu der sie jetzt fahren würde und dann las sie den Namen, den sie eben erst gelesen hatte und das sprichwörtliche Lämpchen begann in ihrem Kopf zu glühen.

Ellen Hamann war schon auf der Polizeischule damit aufgefallen, dass sie Zusammenhänge zwischen scheinbar völlig verschiedenen Sachverhalten herstellte, wenn sie einmal die Spur aufgenommen hatte.

Jörn Klausen war Zuhause und ließ sie ein, nachdem sie sich vorgestellt hatte. Er wirkte von Anfang an nervös und Ellen fühlte ihm weiter auf den Zahn. „Nett haben Sie es hier", sagte sie, obwohl seine Multifunktions-Wohnküche typisch Singlemännlich aussah. Jörn machte eine entschuldigende Handbewegung. „Hab keinen Besuch erwartet... Kaffee?", fragte er und Ellen nahm an. Die Kaffeemaschine blubberte und Ellen plauderte mit ihm über das Segeln und wie er mit seiner Yacht zufrieden wäre und über den Zwischenfall, der zum Verlust des Segels geführt hatte. Darauf war Jörn gut vorbereitet und spulte seine Geschichte ab, so wie er sie der Versicherung aufgetischt hatte. Ellen nickte und nahm den Umschlag mit dem Scheck aus der Tasche.

„Bitte, Herr Klausen, hier ist ihr Scheck. Erlauben Sie, dass ich ein Foto von ihnen mache? Wir haben da so eine interne Firmenzeitung und da kommen immer ein paar „zufriedene Kunden" mit rein." „Klar", sagte Jörn, der den Scheck ansah. Ellen holte die neue Digitalkamera heraus, stellte sie auf den Tisch und löste den Selbstauslöser aus, dann eilte sie zu Jörn und stellte sich neben ihn. Es blitzte und Ellen zeigte Jörn das Foto auf dem Display, das sie neben ihm darstellte, wie sie kundenfreundlich auf den Scheck wies.

„Danke sehr", sagte sie und Jörn goss ihr noch etwas Kaffee ein. Sie sah ihm in die Augen und sagte

„Da wäre noch die Sache mit der „Monika..."

Sie ließ das einen Moment im Raum stehen und seine Augen weiteten sich. „Was...?" fragte er entgeistert. Sie hatte ihn vollkommen überrascht.

„Sie haben bei der Polizei ausgesagt, dass sie mit Herrn Heintze auf seinem Boot in Grömitz waren...", sagte sie und Jörn trommelte mit seinen Fingern auf die Tischplatte. „Ja...", sagte er. „Blöde Sache. Er hatte das Boot gerade erst von Dr. Dreier gekauft." Er stand auf. „Muss Sie jetzt leider... Ich meine, ich habe noch zu tun."

Ellen lächelte ihn mit ihrem „Du entkommst mir nicht" Lächeln an und Jörn wurde es siedend heiß. Er sah ihr durch das Fenster nach, dann stürzte er zum Telefon und wählte Haralds Nummer.

Ellen dachte nach. Eigentlich wollte sie sofort zu diesem Heintze fahren und ihm auf den Zahn fühlen, aber dann nahm sie die Akte und suchte den Kaufvertrag heraus.

Klausen stand hinter der Gardine und sah ihr nach, als sie endlich mit ihrem Polo davonfuhr. Sie musste einen Passanten fragen, weil sie die kleine Seitenstraße, in der dieser Dreier wohnte nicht finden konnte, aber dann hielt sie vor dem Haus. Beim Aussteigen sah sie das Schild am Zaun. „Zu verkaufen" und das Firmenlogo eines Maklers. „Harald Heintze", prangte da. „Sieh mal an", dachte Ellen und grinste.

Sie klingelte, aber es war natürlich niemand da. Die Fenster waren leer und das Haus sichtlich unbewohnt.

„Die sind nach Argentinien ausgewandert!"
rief eine ältere Frau über ihre Hecke hinweg und
Ellen ging zu ihr. „Guten Tag", sagte sie. „Ich
wollte Dr. Dreier nur nach seiner Yacht fragen. Er
hat sie, glaube ich, verkauft." Die Frau sah sie
verblüfft an. „Also, da müssen Sie sich
täuschen. Ich kenn den seit zwanzig Jahren. Der
hatte nix am Hut mit Wassersport." Sie kicherte.
„Der wurde doch schon seekrank, wenn er in der
Badewanne saß..."

Zwanzig Minuten später saß Ellen im
Immobilienbüro Heintze dem Besitzer
gegenüber. „Sie haben das Boot von Dr. Dreier
erworben?" fragte Ellen und tat, als wenn sie rein
routinemäßig die Angaben in der Akte durchging,
die sie vor sich hatte. „Jaja", bestätigte Harald,
der von Jörn vorgewarnt, gut präpariert war.
Ellen sah ihn an.
„Ich war gerade da und wollte ihn danach
fragen... Ich habe gesehen, Sie verkaufen für ihn
das Haus? Dann haben Sie sicher seine Adresse
für mich?" Harald bekam einen
Schweißausbruch, den sie sehr wohl bemerkte.
„Ist...ist das denn so wichtig?", sagte er
heiser. „Der ist in Argentinien und im Moment...
Ich habe nur eine Email Adresse." „Das ist ok",
sagte Ellen fröhlich und Harald schrieb eine
erfundene Email Add auf einen Zettel.
„Steht alles hier drinnen, aber würden sie mir
die ganze Geschichte noch mal erzählen?" bat
Ellen in der Hoffnung, Harald würde sich
vielleicht in Widersprüche verheddern, aber

Harald hatte sich gefangen und gab alles so wieder, wie sie es auch schon gelesen hatte.

„Reine Routine", sagte sie als sie sich verabschiedete und Harald trank erst mal einen doppelten Cognac als sie weg war.

Auf dem Weg zum Ortsausgang und zur Autobahn sah sie rechts von sich den Sportboothafen liegen und bog spontan in die kleine Strasse ein, die dorthin führte. An einer auffälligen runden Halle war neben anderen das „Dehler-Yachten" Logo angebracht und sie trat ein. Sofort kam ein sportlich gekleideter agiler Bootsverkäufer auf sie zu und fragte nach ihren Wünschen. Sie gab ihm ihre Visitenkarte und fragte, ob er eine Yacht des Typs hier hätte, die der „Monika" entsprach. „Bedaure", sagte der. „Das Schild hängt da zwar noch, aber wir führen die Marke nicht mehr. Ab und zu ein Gebrauchtboot, aber im Moment..." „Auf Fehmarn, gleich über die Brücke und dann nach rechts. In Burgtiefe..., die haben diese Boote im Charterbetrieb", sagte er als er ihre Enttäuschung bemerkte.

Ellen schrieb sich die Adresse auf und fuhr bald darauf über die gewaltige Stahlbrücke, die den Fehmarnsund überspannte. Wie die meisten Menschen überkam sie ein richtiges Urlaubsgefühl, als sie das Wasser unter sich, das saftig grüne Land vor sich und den seidigblauen Himmel über sich hatte.

„Hier mach ich mal ein paar Tage Urlaub...", sagte sie sich und musste plötzlich an Micha denken, was sie verwirrte.

„Warum eigentlich nicht...", dachte sie und beschloss, ihn am Abend anzurufen.

Der Charterbetrieb lag ganz am Ende des Südstrandes. Ein freundlicher Angestellter führte sie auf den Steg des Rundhafens, an dem die Charterboote festgemacht waren. Viele Liegeboxen waren leer, denn noch war Saison.

„Sie haben Glück", sagte der Vermieter. „Die meisten Kunden wollen jetzt größere Boote und da ist dieser Typ nicht mehr so gefragt."

Er blieb vor einer mittelgroßen schnittigen Segelyacht stehen, die im leicht bewegten Hafenwasser schaukelte. Ellen nahm die Akte zur Hand und sah die Fotos an, die Heintze seinerzeit mit dem Versicherungsantrag eingeschickt hatte. Alles identisch, sogar der blaue Streifen am Rumpf. „Sehen alle Dehler dieses Typs so aus?" fragte sie den Angestellten. „Mehr oder weniger", bestätigte er.

„Unsere sowieso, aber Privateigner verändern natürlich dies und das." Er sah über Ellens Schulter in die Akte. „Das ist eine von Unseren", sagte er verblüfft und sie starrte ihn fragend an. Er wies auf das Markenzeichen an der Rollfockanlage des Bootes, vor dem sie standen.

„Wir sind die Einzigen- meines Wissens- die dieses Segel für die Dehler verwenden. Der Standarttyp sieht anders aus..." Ellen verglich das Foto mit dem Original vor ihr. Identisch.

„Und sie haben kein Boot dieser Serie verkauft?" fragte sie nach. „Nein, alle noch bei uns", bestätigte er.

Ellen nahm ihre Digitalkamera heraus und machte einige Fotos von dem Boot. Dann hatte sie einen spontanen Einfall. Sie spulte die Fotos auf dem Display zurück bis zu dem, das sie mit Jörn Klausen darstellte und zeigte es dem Bootsvermieter. „Kennen Sie zufällig diesen Mann?" Der Angestellte sah genau hin, dann verzog sich sein Gesicht. „Blödmann, der. Wegen dem habe ich eine wichtige Verabredung nicht einhalten können. Kam zu spät und ich musste warten."

Er dachte an den Abend, an dem er Sylvia im Restaurant versetzt hatte und an die Szene, die sie ihm gemacht hatte. „Treffer!" dachte Ellen und der nette Vercharterer machte ihr Kopien des Vertrages, den er mit Jörn Klausen geschlossen hatte.

„Hat er vielleicht ca. drei Monate davor auch schon mal so ein Boot gemietet?" fragte Ellen hoffnungsvoll und auch von dem Vertrag bekam sie eine Kopie.

Später saß sie am Burger Marktplatz auf der Terrasse eines griechischen Restaurants. Auf dem Platz spielten die „Melker", eine bekannte Musikgruppe, die während der Saison überall an der Küste für tolle Stimmung sorgte. „Smeet de Forke ane Wand", sang der urige bärtige Sänger in Cordhose, Gummistiefel und Schirmmütze nach der Melodie von „Take that ribbon from your hair".

Der Kellner kam und brachte ihr die Karte und sie sagte „Ich warte noch auf jemanden..."

Er brachte ihr einstweilen einen Weißwein und ein Glas Ouzo „Aufs Haus", weil er sie so hübsch fand. Sie hörte versonnen der Musik zu und hob ihr Glas Ouzo und Micha sagte „Prost" und setzte sich neben sie.

Sie verbrachten den Abend, die Nacht und den ganzen nächsten Tag zusammen. Micha war auf ihren Anruf hin sofort nach Fehmarn gefahren und sie hatten nach dem Essen an der Bühne gestanden und sich die Show angesehen. In der Pause hatte sich Micha mit dem Gitarristen unterhalten, den er kannte und Ellen als „meine Freundin" vorgestellt. Es war dunkel geworden und die Show ging zuende und bei der Zugabe „Are you lonesome tonight" küssten sie sich.

Sie fanden ein Zimmer in dem kleinen historischen Hotel, in dem 1864 die Dänen vor den Preußen kapituliert und die Insel übergeben hatten und nun kapitulierten und siegten sie gegenseitig im großen weichen Bett ihres Zimmers.

Beim Frühstück bemerkte er ihre Verwirrung und baute ihr eine Brücke und sie war glücklich, dass er sie verstand. So begann ihre „quasi", oder „Ab und zu" Beziehung, denn zu mehr war sie im Moment nicht bereit und sie fuhren nach einem wunderschönen Strandtag in der einsetzenden Dämmerung über die große Brücke aufs Festland zurück. Micha lächelte, als er im Rückspiegel ihre Lichthupe sah, dann bog sie in die Ausfahrt nach Großenbrode ein und er fuhr nach Scharbeutz weiter.

„Sie haben sich des Versicherungsbetrugs schuldig gemacht.", sagte Ellen und Jörn Klausen zitterte.

„Bitte..., Ich wollte das nicht, aber ich brauche das Geld und Harald meinte, wenn das so einfach ist mit der Versicherung..."

Er vergrub das Gesicht in den Händen und seine Schultern bebten.

„Es sieht immer einfach aus...", sagte Ellen leise „aber wenn es das wäre, könnten die Versicherungen einpacken. Ich muss Sie bei der Polizei anzeigen, aber Sie können ihre Lage verbessern, wenn Sie sich selbst stellen und die ganze Geschichte gestehen."

Sie stand auf und Jörn sah sie an. Ellen zog ihre Jacke über. Irgendwie tat dieser Klausen ihr leid. „Ich fahre jetzt zu Heintze", sagte sie „und dann nach Hause. Sagen wir... morgen um Zehn, dann übergebe ich den Fall der Kriminalpolizei. Wie gesagt..., wenn Sie sich bis dahin selbst dort melden... So was wird vor Gericht anerkannt."

Sie ging allein hinaus und Jörn ließ seinen Kopf auf den Tisch sinken und seinen Tränen freien Lauf.

Harald Heintze sah sie finster an. Er machte einen Schritt auf sie zu und Ellen nahm automatisch eine Jiujitsu-Verteidigungsstellung ein. Die Beine leicht gespreizt und die offenen Hände vorgestreckt. „Das würde ich Ihnen nicht raten", sagte sie. „Ich war mal Deutsche Jugendmeisterin..."

Das war nicht mal gelogen, auch wenn die Disziplin, in der sie es zur Meisterin gebracht hatte, die rhythmische Sportgymnastik war. Harald winkte ab.

„Ja, Scheiße. Da haben Sie mich am Arsch..." Er setzte sich in seinen Bürosessel und Ellen entspannte sich etwas, ließ Heintze aber nicht aus den Augen. „Cognac?" fragte der scheinbar entspannt und als Ellen den Kopf schüttelte, goss er sich selbst ein großes Glas voll ein. „Wie viel bekommen Sie als Kopfprämie für mich", fragte er und trank einen großen Schluck. Ellen wurde bewusst, dass sie das selbst nicht so genau wusste.

„Keine Ahnung... spielt ja auch keine Rolle, nicht wahr?" sagte sie. „Ich rate Ihnen dringend, Selbstanzeige bei der Polizei zu machen", wiederholte sie den Tipp, den sie auch Klausen gegeben hatte.

Er starrte aus dem Fenster. Die Dämmerung hatte eingesetzt und es wurde schnell dunkel.

„Für mich ist hier Feierabend, wenn das bekannt wird...", sagte er. Dann fiel ihm ein, dass ohne das Geld aus der Versicherung sowieso Feierabend war und er lachte kurz und unmotiviert.

„Wie dem auch sei", beendete Ellen das Gespräch und hängte ihre Tasche um.

„Dreißig Prozent?" sagte er betont deutlich und Ellen starrte ihn an. Er wies auf die Tasche.

„Sie haben doch alles da drin... alle Beweise und so. Sie geben mir die Tasche... sagen, sie hätten sie verloren und wenn ich das Geld habe... Dreißig Prozent!" wiederholte er und sah sie mit seinem Makler-Pokerface an.

Ellen ertappte sich dabei, dass sie einen Moment lang überlegte, dann fiel ihr ein, dass Klausen vielleicht gerade bei der Polizei saß, und überhaupt...

„Bis morgen, Herr Heintze.", sagte sie, verließ das Büro und ging über die Straße zu ihrem Auto. Harald warf das halbvolle Cognacglas gegen die Wand und starrte das Rinnsal an, das über die Raufasertapete floss.

Der Polo fuhr an und Harald schnappte seine Schlüssel, die auf dem Schreibtisch lagen und rannte hinaus zu seinem Geländewagen. Ein Taxi hupte wild, als er rücksichtslos auf die Straße einbog und es zu einer Vollbremsung zwang. Der Polo bog an der Ampel nach rechts ab und die wurde gerade rot, als Heintze den großen Toyota herumriss. Ellen hatte das Radio eingeschaltet und hörte gerade noch, dass die A1 in Höhe Neustadt-Nord in Richtung Lübeck wegen eines Unfalls gesperrt war.

„Blöd", dachte sie und bog in die kurvige Landstraße Richtung Cismar und Grömitz ab, die als Umleitung empfohlen wurde. Die Lampen der wenigen Autos, die ihr entgegen kamen blendeten sie. Hinter ihr kamen Scheinwerfer näher und sie ärgerte sich.

„Blödmann. Muss doch nicht so dicht auffahren. Hier kann man eh nicht überholen", dachte sie.

Die Scheinwerfer kamen näher und dann krachte es am Heck ihres Polos und das kleine

Auto machte einen Satz nach vorn, der sie in ihren Gurt warf. Sie starrte in den Rückspiegel, wo die Scheinwerfer etwas zurückfielen und dann wieder auf sie zukamen. Sie gab Gas, aber der altersschwache Motor gab nur wenig Beschleunigung her. Wieder krachte es und ihre Lenkung fühlte sich plötzlich schwammig an.

„Heintze...", dachte sie und wusste, dass es nun ums Ganze ging. Wieder fiel der Verfolger etwas zurück und sie suchte nach ihrem Handy in der Umhängetasche, fand es auch und wollte den Notruf wählen, als es erneut krachte. Der Aufprall war diesmal noch stärker und sie prallte trotz Gurt mit dem Kopf gegen das Lenkrad und holte sich eine Platzwunde, aus der Blut über ihre Stirn rann. Der Polo schleuderte hin und her und ein entgegen kommendes Auto hupte und wich aus. Ellen kämpfte um die Kontrolle des Polos. Das Handy war irgendwo in den Fußraum gefallen und unerreichbar... Die Scheinwerfer kamen wieder näher, diesmal noch schneller. Ellen sah direkt vor sich eine scharfe Rechtskurve und handelte blitzschnell. Sie stieg mit aller Kraft auf die Bremse, ließ sie sofort wieder los und riss den Polo im letzten Moment in die Kurve...

Harald Heintze war in einer Ausnahmesituation. Er hatte gedacht, dass das Auffahren den Kleinwagen ins Schleudern bringen würde und tatsächlich wäre es eben fast soweit gewesen. Er beschleunigte wieder und kam schnell näher.

Er riss die Augen auf, als plötzlich die roten Bremslichter des Polos aufleuchteten und reagierte, wie er es vor langer Zeit in der Fahrschule gelernt hatte. Er wich instinktiv nach links aus, aber da war keine Straße mehr...

Es krachte an der Vorderachse, als er die Grabenkante durchfuhr und dann bohrte sich der tonnenschwere Geländewagen in den riesigen Stamm einer Buche...

Ellen zitterte am ganzen Körper. Überall zuckendes Blaulicht, das sie an die Nacht in Scharbeutz erinnerte. Feuerwehrleute versuchten mit hydraulischen Trennscheren den eingeklemmten Körper Harald Heintzes aus dem völlig zertrümmerten Toyota zu bergen. Zwischendurch machten sie Pausen, in denen der Notarzt den Bewusstlosen untersuchte.

„Ihr könnt euch jetzt Zeit lassen", sagte er nach dem dritten Mal zu einem Feuerwehrmann und schüttelte den Kopf.

„Geht's jetzt wieder?" fragte der Hauptwachtmeister, der sie gestützt hatte, während sie sich übergab. Der Arzt kam jetzt zu ihr, untersuchte sie und klebte ihr ein Pflaster auf die Stirn. „Sonst alles ok?" fragte er und Ellen nickte.

„Exitus", sagte der Arzt zum Hauptwachtmeister und wies in Richtung des Geländewagens.

„Können Sie schon etwas zum Hergang des Unfalls sagen?", fragte der Polizist und Ellen würgte wieder...wegen der Blaulichter, was der

Hauptwachtmeister aber nicht wissen konnte. „Schock", dachte er. Er gab Ellen eine Visitenkarte.

„Kommen sie morgen nach Grömitz aufs Revier. Ich sorge dafür, dass ihr Wagen abgeschleppt wird. Kann Sie jemand abholen?"

Ellen nickte und gab dem Polizisten Michas Nummer.

Er kam gerade an, als der ramponierte Polo auf die Ladeplattform eines Abschleppwagens gezogen wurde und sie konnten im letzten Moment noch Ellens Tasche mit den Schlüsseln und ihr Handy, das sich unter dem Beifahrersitz geklemmt hatte, herausholen. Micha fragte nicht viel und Ellen saß still und in sich gekehrt auf dem Beifahrersitz seines Renault. Als sie in Lübeck die Autobahn verließen, musste er sie ein paar Mal nach dem Weg fragen, denn er war ja noch nie in ihrer Wohnung gewesen. Er hielt vor ihrer Haustür.

„Soll ich heute Nacht bei Dir bleiben?" fragte er und als sie nickte, parkte er den Wagen und brachte sie nach oben.

Später schlief sie auf dem Sofa mit dem Kopf auf seinem Schoss ein und er wagte es nicht, sich zu bewegen, um sie nicht zu wecken.

Ellen war bitter enttäuscht. Sie hatte zumindest mit Fünftausend Euro gerechnet. Es waren nur viertausend -Zehn Prozent der Versicherungssumme.

„Genau nach Vorgabe der „Seaguard", wie Drewitz betonte. Ein Belobigungsschreiben des Vorstandsvorsitzenden gab es auch noch, aber das warf Ellen in den Müll. Die Reparaturkosten für den Polo allein betrugen mehr als Zweitausend Euro, die Ellen erst nach langem Kampf von der KFZ-Versicherung Heintzes erstattet bekam, denn „es sei ja Vorsatz von Heintze gewesen und das wäre nicht versichert"

Ellen drohte mit einem Anwalt und bekam schließlich ihr Geld, aber alles in Allem blieb ein bitteres Gefühl. Klausen hatte sich tatsächlich selbst angezeigt und dabei auch gleich die Betrügerei mit dem Segel zugegeben. Er würde eine Bewährungsstrafe bekommen, weil es seine erste Straftat war und er sich reuig gezeigt hatte. Der Segelmacher bekam eine Anzeige von der „Seaguard" Versicherung und fluchte über „diesen Klausen" der die Klappe nicht halten konnte.

Micha überredete Ellen zu einer kurzen Reise nach Griechenland und als sie gut erholt zurückkam, hatte Drewitz eine Nachricht auf ihrem Anrufbeantworter hinterlassen. Ihr nächster Fall wartete auf sie.

Geld

Konrad Eisler war schon oft an dem Geschäft vorbeigegangen. Er hatte sich über den „Krempel" amüsiert, der da im Fenster lag.

„Erlesene Antiquitäten und Nachlässe" stand da auf dem Firmenschild. Er trat ein. Eine schon etwas ältere Verkäuferin kam auf ihn zu, taxierte ihn und sagte ziemlich abweisend „Wenn sie in die Gebrauchtmöbelhalle des DRK wollen…, das ist drei Häuser weiter." Konrad grinste schief und wischte sich seine verschwitzen Hände an der speckigen Cordhose ab, die er trug.

„Ich möchte Herrn Meller sprechen. Ist wichtig", sagte er. Frau Alvermann wollte ihn abwimmeln – was sollte so ein Penner schon mit Herrn Meller zu besprechen haben – aber der betrat in dem Moment den Laden. Sein Nadelstreifenanzug hatte auch schon bessere Tage gesehen, aber für Neustadt sah das schon nach „Geschäftsmann" aus. Die grauen Haare waren ordentlich geschnitten und er duftete nach Old Spice. Frau Alvermann verehrte ihren Chef! Nur das eben die Kulisse und der Schein die traurige Wirklichkeit bemäntelte. Meller war pleite! Nicht ganz so wie Konrad, aber wenn jetzt eine Steuerprüfung gekommen wäre… Nein, daran mochte Günther Meller nicht denken. Drei Generationen im Geschäft. Eben gerade war er in der Bank gewesen und hatte eine Abfuhr bekommen auf seinen Wunsch, den laufenden Kredit zu verlängern. Mit Tewes, der bis zum letzten Mai dort Geschäftsführer gewesen war, wäre das kein Problem gewesen. „Klar Günther, altes Haus. Grüß Kathy von mir!"

Aber Tewes war durch Frau Schmetz ersetzt worden, die aus der Zentrale in Frankfurt kam. Sie hatte lange in Mellers Akte gelesen und dann die Brille abgenommen. Meller war sich ziemlich sicher, dass die hübsche geschäftstüchtige Frau die nur trug, um Seriosität und Kompetenz zu signalisieren.

„Wir können Ihnen leider keine Hoffnungen auf eine Prolongierung machen... Wenn ich ihre Bilanz so ansehe..." „Ach kommen Sie schon. Den Griechen schiebt ihre Bank die Euros nur so hinten rein! Und mir? Ich kann eingehen!"

So war das Gespräch verlaufen und Meller war wutschnaubend, aber ratlos nach Hause gegangen. „Was gibt`s", fragte er unwirsch. Frau Alvermann wies auf Konrad, der im Gang stand. „Der... Herr möchte Sie sprechen." Meller hatte keine Lust mit jemandem wie Konrad zu sprechen und wollte „Hab leider keine Zeit jetzt", knurren, aber der heruntergekommen aussehende Mann zog seine Hand aus der Tasche und hielt sie geöffnet Meller entgegen, der dort zu seiner Überraschung einen großen goldenen „Lübecker Doppeladler" gewahrte.

„Wo haben Sie den denn her?" fragte er gedehnt. Konrad Eisler zuckte die Schultern.

„Ich möchte wissen, was der so wert ist... Hab ich geerbt." „Darf ich?" fragte Meller, dessen Interesse jetzt endgültig geweckt war. Konrad gab ihm die Münze und der Händler ging zu seinem Tresen und nahm eine Lupe aus der

Schublade. „Frau Alvermann, bieten Sie dem Herrn einen Kaffee an!" befahl er und Konrad grinste und nickte, woraufhin die Frau ihn grimmig ansah und nach hinten ging.

„Lange kein so gut erhaltenes Stück gesehen", murmelte Meller vor sich hin. „Wie bitte?" fragte Konrad, der nicht richtig verstanden hatte. „Ach nichts, hab nur gesagt, dass der hier ziemlich verkratzt und damit relativ wertlos ist für Sammler. Ich gebe Ihnen..." er überlegte blitzschnell. „Hundert Euro." „Och...", seufzte Konrad, der sich viel mehr erhofft hatte. „Aber der ist doch aus Gold. Das ist doch enorm an Wert gestiegen, hab ich gelesen. Wegen der Finanzkrise und so..." „Ja schon", sagte Meller. „Aber... Danke Frau Alvermann", unterbrach er sich selbst. Sie stellte eine Tasse vor ihren Chef auf den Tisch und drückte dann wortlos Konrad einen angeschlagenen Becher in die Hand. „Bitte!" sagte sie biestig und zog sich wieder zurück. „Also, wo war ich stehen geblieben...

Ach ja", fuhr er fort. „Solche Münzen sind nur für Sammler von Interesse. Sie sind keine offiziellen Zahlungsmittel mehr, wie der Krügerrand etc. Die Bank würde ihnen nur den reinen Goldpreis geben, noch abzüglich einer Gebühr", log er. Er sah Konrad prüfend an. Er selbst wusste natürlich, dass sogar der reine Goldpreis dieser Münze bei ca. Dreihundert Euro und der Sammlerwert dieses ausnehmend guten Stückes bei nahezu Eintausend lag! Konrad verzog das Gesicht. Er hatte sich an dem heißen Kaffee die Zunge verbrannt.

„Hundertfünfzig?" fragte er schüchtern. „Hab noch mehr davon.... Ein paar." Meller starrte ihn an. „Woher... Wie viele haben Sie denn?" sagte er langsam. Konrad Eisler rang mit sich. Sollte er dem Mann vertrauen? Irgendwie flößte ihm Meller Respekt ein. Er wusste offensichtlich, was die Goldstücke wert waren, aber... Er stellte den Becher ab. „Ich frag noch mal woanders", sagte er dann und ging zu Meller, um ihm die Münze abzunehmen. Der sah nun seine Felle davon schwimmen. „Na gut. Hundertfünfzig, aber nur wenn Sie mir auch die anderen Münzen anbieten. Oder trauen Sie mir nicht?" „Weiß nicht... Na gut", sagte Konrad schließlich. Meller atmete auf. Das schien ein gutes Geschäft zu werden. Er öffnete die Kasse, aber es lagen nur hundert Euro darin. „Einen Moment", sagte er zu Konrad und eilte in den hinteren Raum, wo Frau Alvermann Staub wischte. Meller hatte nur noch zwanzig Euro in der Brieftasche. „Frau Alvermann, können Sie mir kurz fünfzig Euro leihen?" Sie sah ihn erstaunt an, kramte dann aber den gewünschten Schein aus ihrer Handtasche und gab ihn ihrem Chef. „Danke, kriegen Sie nachher gleich zurück", sagte der und eilte zurück ins Geschäft.

„Hier bitte, Hundertfünfzig Euro", sagte er dann und zählte Konrad die Scheine in die Hand.

„Wann kann ich die anderen Münzen sehen?" fragte er. „Ist gerade keine große Nachfrage nach diesem alten Zeug, aber ich kenne da jemanden..." „Ich komme morgen Nachmittag wieder rein", sagte Konrad, der lange nicht soviel Geld in der Hand gehabt hatte. Als er auf der

Straße stand, sah er gegenüber das Werbeschild einer Kneipe und ging pfeifend hinüber. Meller sah ihm nach. Dann nahm er sein Handy aus der Tasche und wählte aus dem Gedächtnis eine Nummer.

Zwei Stunden später traf er sich in Lübeck mit Arved Maschke, einem ausgewiesenen Kenner und Sammler alter Lübecker Münzen, der nicht glauben wollte, was er sah.

„Mensch Meller, wo hast Du die denn her? Die sind so selten aus diesen Jahren... Super Prägung. Ich geb` dir achthundert, Ok?" „Tausend", antwortete Meller heiser und Maschke zog wortlos eine große Rolle Hunderter aus der Tasche und zählte zehn Scheine auf den Tisch des Niederegger-Cafes in dem sie saßen.

„Der Typ...eh" Meller korrigierte sich. „Da wo die Münze herkommt sind vielleicht noch mehr", sagte er vorsichtig und Maschke sah ihn durchdringend an. Dann tippte er Meller mit einer eindringlichen Geste den Zeigefinger auf die Brust. „Die bietest Du nur mir an, hörst Du? Und kein Wort zu irgend Jemandem. Wenn die zu schnell auf den Markt kommen, bricht der Preis weg. Das wollen wir doch nicht, oder?"

Meller schüttelte den Kopf. Maschke stand auf und zahlte. „Nicht vergessen! Mit niemandem darüber reden. Nur mit mir!"

Günther Meller blieb noch ein Weilchen sitzen und wunderte sich darüber, wie nahe Glück und Pech beieinander lagen.

Konrad Eisler war auch glücklich. Endlich hatte er einen Freund gefunden. Sebastian Vogler saß neben ihm an der Theke der „Matrosenbar" und hatte einen Arm um seine Schulter gelegt.

„Noch zwei Bier und zwei Kurze!" rief Konrad und Ester, die füllige Bedienung, hielt ein Glas unter den Zapfhahn und ließ das frische Pils fließen. „Echt toll, Konrad", sagte Sebastian. „Erzähl noch mal. Wo hast Du die Sachen genau gefunden?" Seit einer Stunde versuchte der zwar einfach gestrickte, aber bauernschlaue vierschrötige Mann Konrad den Fundort seines „Schatzes" zu entlocken. Konrad hatte es nicht lassen können, mit seinem Fund zu prahlen und Sebastian hatte geschickt ausgenutzt, dass der offensichtlich einsame Mann ein bisschen Zuneigung und Kumpanei brauchte.

„Ne ne... Versteh mich nicht falsch. Ich weiß, Du bist mein Freund!", lallte Konrad. „Aber.. ich sach nix. Musst Du verstehen. Der Herr Meller hat auch gesagt, ich soll die Klappe halten. Prost!" Konrad knallte sein frisch gefülltes Glas gegen Sebastians, das beinahe umfiel. Sie tranken. „Hast ja recht Alter aber,… kannst Dich auf mich verlassen. Echt!"

Eine Stunde später, nachdem Ester dem volltrunkenen Konrad das Doppelte der Zeche abgeknöpft hatte, brachte der „fürsorgliche Freund" Sebastian ihn nach Hause. „Hier wohnst Du?" fragte er, aber Konrad brachte nur noch Töne hervor. Sebastian nahm ihm die Schlüssel aus der Tasche und öffnete die Tür der Wohnlaube. Konrad übergab sich derweil geräuschvoll in die Heckenrose und Frau Mölter schrie „Ruhe, verdammt noch mal!" und knallte ihr Fenster zu. Sebastian warf Konrad förmlich auf das zerwühlte Bett und durchsuchte dann rasch und professionell die beiden Räume, das Bad und die Küche. Er fand nichts, denn Konrad hatte die Münzen in einen Müllbeutel und unter einem Stein neben dem Eingang versteckt und den goldenen Leuchter, in dem noch die Kerzenreste klebten und der offen auf dem Tisch stand, hielt er nicht für echt. „Scheiße", dachte er. Eigentlich hatte er die Münzen stehlen wollen und sich davonmachen. Nun würde er sich noch etwas länger diesem stinkenden alten Mann widmen müssen.

Arved Maschke war in früheren Jahren ein erfolgreicher, wenn auch nicht immer dem legalen Pfad folgender Import/Exportkaufmann gewesen. Besonders der boomende Handel mit den Ländern des ehemaligen Ostblocks hatte ihn reich gemacht. Nun ja, die Goldgräberzeiten waren mit dem Beitritt Polens und anderer Staaten zur EU und den Handels- und Zollverträgen mit den Restlichen, zu Ende gegangen. Maschke lächelte vor sich hin und trank einen Schluck Kaffee. Er hatte seinen Teil verdient und konnte sich nun seinem großen Hobby widmen. Kunsthandel und dem Sammeln seltener Stücke aus vergangener Zeit. Vieles war während des zweiten Weltkrieges verloren gegangen. Maschke hatte schon einiges, was für unwiederbringlich verloren gegolten hatte, in Speichern und Kellern in Russland, der Ukraine und anderen Staaten der ehemaligen Sowjetunion entdeckt und...nun ja „sichergestellt".

Es gab einen Katalog der Bundesregierung, in denen die meisten dieser Kunstwerke verzeichnet waren und in dem die wahren Eigentümer genannt wurden. Arved Maschke focht das nicht an. Gerade letzte Woche erst hatte er ein Gemälde von unschätzbarem Wert einem japanischen Sammler übergeben, der seine Erwerbung nun zwar nur für sich allein betrachten konnte, dieses Vergnügen aber mit zwei Millionen Dollar bezahlt hatte.

Maschke betrachtete erneut den von Meller erworbenen Doppeladler durch sein starkes Vergrößerungsglas. Ein Prachtstück! Fast zu gut, um echt zu sein, aber das hatte er schon abgeklärt. Reines Gold. So rein, wie es damals gewonnen werden konnte. Wenn Meller nur Wort hielt. Maschke hatte eine Liste von Sammlern in aller Welt, die diese Münzen schier aufsaugen würden. Zufrieden trank er seinen Kaffee aus und war glücklich.

Meller lief den ganzen Tag über unruhig im Geschäft herum. Frau Alvermann war so etwas gar nicht gewohnt und es störte sie. Aber darauf konnte ihr Chef keine Rücksicht nehmen. Die tausend Euro von Maschke gaben etwas Luft, aber nicht genug. Günther Meller fluchte vor sich hin. Er hätte diesen Eisler nach seiner Adresse fragen müssen. Was, wenn er nicht wieder kam? Mellers Geduld wurde auf eine harte Probe gestellt, denn erst am späten Nachmittag stieß Konrad Eisler die Ladentür auf und trat ein. Es regnete draußen und er schüttelte sich wie ein Hund, so dass Tropfen von seiner alten speckigen Lederjacke flogen und auf dem polierten Holz einer antiken Kommode landeten, was Frau Alvermann zu einem leisen Aufschrei veranlasste. „Passen Sie doch auf!", herrschte sie Konrad an und beeilte sich, die Feuchtigkeit mit einem weichen Lappen abzuwischen.

„Entschuldigung", murmelte er zerknirscht, aber dann war Meller heran.

„Herr Eisler, welche Freude Sie zu sehen. Wie geht es Ihnen?" Konrad, das konnte jeder sehen, ging es nicht gut oder besser, noch nicht wieder gut. Er hatte sehr gelitten während der Nacht und den ganzen Vormittag über, denn so viel Alkohol war er nicht mehr gewohnt.

„Geht so", nuschelte er. „Frau Alvermann, bringen sie uns bitte Kaffee", befahl Meller erneut und diesmal wagte sie Einspruch.

„Ich habe zu tun, Chef", sagte sie vorwurfsvoll und hielt den Lappen hoch. „Frau Alvermann... Kaffee!" wiederholte Meller nachdrücklich und sie ging grummelnd ins

Hinterzimmer. „Haben sie die Münzen?" fragte Meller und Konrad knallte die offensichtlich recht schwere Ledertasche, die er in seiner Rechten getragen hatte, auf den Deckel der wertvollen Kommode, so dass der Händler zusammenzuckte. „Kommen sie bitte", sagte er und bat Konrad nach hinten, wo Frau Alvermann an der Pantry heißes Wasser in den Filter goss. „Ich mach das selber weiter", meinte Meller und schickte sie hinaus. Konrad hatte sich mittlerweile an den Tisch gesetzt und hielt krampfhaft den Griff der alten Aktentasche umklammert. Meller holte seine Lupe und sah Konrad erwartungsvoll an. Der öffnete langsam das Schloss, klappte den Deckel auf und holte umständlich ein schmuddeliges Frotteehandtuch heraus, das ziemlich schwer zu sein schien durch die Münzen, um die es gewickelt war. Meller quollen fast die Augen heraus, als er die Goldstücke sah, die auf dem grellbunten Handtuch lagen, als Konrad es entfaltete. Die Doppeladler kannte er, aber da waren noch andere Münzen...

Er erkannte kyrillische Beschriftungen und solche, die er als frühe französische Prägungen identifizierte. Ein Schatz! Er schluckte, um sich unter Kontrolle zu bringen, denn nun ging es darum, dem unbedarften Konrad diesen Schatz so billig wie möglich abzuhandeln. Konrad sah ihn erwartungsvoll an und Meller stand auf und holte erstmal den Kaffee. „Milch oder Zucker?" fragte er Konrad, der stumm den Kopf schüttelte.

„Wie viel?", fragte er schließlich und Meller setzte sich wieder und begann umständlich

Münze nach Münze unter der Lupe zu betrachten. „Wie viel krieg ich dafür?" wiederholte Konrad ungeduldig. „Also", sagte Meller. „Das ist schon ein ganz schöner Batzen, den sie da haben, aber ich sage ihnen gleich...Das meiste ist ziemlich wertlos." Er wies auf die fremdländischen Geldstücke. Konrad schüttelte ärgerlich den Kopf. „Geh ich eben woanders hin", knurrte er und wollte das Handtuch zusammennehmen.

„Nein, nein!" schrie Meller auf. „Wir werden uns schon einigen. Was haben sie sich denn vorgestellt?" fragte er. Konrad zuckte die Schultern. „So Dreitausend?" sagte er hoffnungsvoll. Meller blieb fast die Luft weg. So blöd konnte doch niemand sein... Das hier war das Zehnfache wert! „Na gut", sagte er schließlich und bemühte sich so zögerlich wie möglich zu klingen. „Aber bar", sagte Konrad.

„Einen Moment, ich muss mal telefonieren", vertröstete ihn Meller und ging nach vorn zum Telefon. Maschke versprach, sofort bei der Bank anzurufen und eine telefonische Anweisung für Meller zu erteilen und so konnte der kurze Zeit später Konrad sechs nagelneue Fünfhundert-Euro Scheine in die Hand drücken. Konrad starrte auf die Scheine. „Ich... ich hab noch mehr so Sachen", sagte er schließlich heiser und Meller lief der Geifer über das Kinn. „Das haben sie wirklich geerbt?" fragte er zweifelnd und Konrad kicherte und sagte „Sach ich nich... Ist aber nich geklaut!!!" setzte er dann schnell hinzu.

Meller nickte verständnisvoll. „Herr Eisler", sagte er dann „Sie sehen ja hoffentlich, dass ich sie ehrlich berate und ihnen die Sachen zu einem fairen Preis abkaufe. Sie müssen aber auch Vertrauen zu mir haben. Ich sage Ihnen dann, was Sie für die Ware bekommen können und... ich versichere Ihnen, dass Sie bei mir in den besten Händen sind." Er versuchte Konrad in die Augen zu sehen, aber der starrte auf die Scheine, die vor ihm auf dem Tisch lagen.

„Wie? Oh jaja...", sagte Konrad, dann stand er auf und stopfte sich die Scheine in seine Jackentasche, als wenn Meller es sich noch anders überlegen und sie ihm wegnehmen könnte. „Geben Sie mir doch ihre Telefonnummer oder ihre Adresse", drängte der Antiquitätenhändler aber Konrad winkte ab und nuschelte „Ich komm wieder bei ihnen rein." Dann war er weg.

Meller zitterte förmlich. Er konnte es spüren. Da war das große Geld! Er lief zum Fenster und sah Konrad gerade noch in der der „Matrosenbar" verschwinden. „Scheiße!" dachte er, wusste aber nicht, was er nun tun sollte, deshalb rief er Maschke an.

Konrad Eisler war im Himmel. Geld in der Tasche! Richtig viel Geld. Das hatte es bei ihm zuletzt... Wann? Eigentlich nie gegeben. Ester war auch happy. Der komische Typ war erst zehn Minuten in der Kneipe und hatte schon zwei Lokalrunden geschmissen, wenn auch nur drei

Kunden da waren. Sie stellte das Glas an dem sie herumpolierte ins Regal und ging zum Telefon, das am Ende des Tresens stand. Aus ihrer Schürze fischte sie den Zettel, den Vogler ihr gegeben hatte. „Ruf mich sofort an, wenn der komische Kerl wieder kommt!" hatte der zu ihr gesagt und ihr einen Zehner zugesteckt. „Danke, ich komm rüber", sagte Vogler nun und Ester legte auf.

Meller war noch nie in der „Matrosenbar" gewesen. Früher als das noch die „Bürgerstube" gewesen war... Da war er fast täglich auf ein Bier hier gewesen. „Runtergekommen...", dachte er als er den Gastraum betrat, dicht gefolgt von Arved Maschke, der solche Kneipen auch nur im Notfall betrat. So ein Notfall war jetzt. Die beiden Geschäftsmänner sahen sofort, dass sie dringend eingreifen mussten. Maschke war auf Mellers Anruf hin nach Neustadt gekommen. Dichter Verkehr hatte ihn aufgehalten und es hatte eine Stunde gedauert, und in dieser Stunde war Konrad vollkommen abgefüllt worden.
Ein Mann – Sebastian Vogler – saß neben ihm an der Theke und hatte seinen Arm um Konrads Schultern gelegt. Meller schauderte. Wenn Konrad schon ungepflegt und heruntergekommen aussah... Dieser Kerl war der Prototyp des Kleinganoven. Massig gebaut, fleischiges Gesicht mit stechenden Augen... Niemand, den Meller kennen lernen wollte. Maschke kannte solche Typen. Er hatte sich schon oft ihrer bedient, wenn er jemanden einschüchtern wollte oder für kleinere Einbrüche.

Er tippte Vogler auf die Schulter, der sich überrascht umdrehte. „Finger weg! Oder Du fängst eine!" dröhnte der. „Sachte, hab mit Dir zu reden", sagte Maschke ruhig und Vogler musterte ihn von oben bis unten. Vogler wollte aufbrausen, aber irgendetwas in den Augen des Geschäftsmannes zwang ihn förmlich aufzustehen und ihm in den Hintergrund des Gastraumes zu folgen. Konrad bestellte lautstark eine neue Runde und Ester drückte dem überraschten Meller, den Konrad gar nicht bemerkt hatte, ein Bierglas in die Hand.

Da die Message -„Da schmeißt einer Freibier!"- schnell in Neustadt die Runde gemacht hatte, war der Schankraum nun richtig voll. Eine dralle, im Endstadium des Abtakelns befindliche Frau hing an Konrads linkem Arm und eine andere wollte sich auf den Hocker setzen, den Vogler freigemacht hatte, aber der kam nun zurück und zerrte die protestierende Frau wieder runter. „Wir können gehen", sagte Maschke zu Meller, der ihn verständnislos ansah, aber auf die Straße folgte.

„Für so was ist der Typ gut zu gebrauchen. Hab ihn angeheuert, damit er auf unseren Freund aufpasst und ihm klargemacht, dass es nicht in seinem Interesse ist, mich zu linken." Maschke grinste wölfisch und Meller schauderte ein bisschen. Er wusste, das Maschke ein großes Tier in der zumindest halbseidenen Hälfte der Kunsthändlerszene war, aber wenn er sogar einen Kerl wie den in der Kneipe einschüchtern konnte… Meller beschloss sich vorzusehen.

„Komm, wir haben zu reden", befahl Maschke und sie gingen die Straße hinauf zum Marktcafe.

Sebastian Vogler war ziemlich intelligent für einen Kleinganoven. Maschkes Angebot hatte ihn überzeugt, besonders der Hinweis, dass da im Hintergrund die „Balten-Gang" beteiligt wäre… Konrad war nun Wachs in seiner Hand. Sebastian starrte auf den schlafenden und lautstark schnarchenden Mann auf seinem Sofa. Maschkes Auftrag war klar gewesen. „Nicht aus den Augen lassen und rauskriegen, wo er das Zeug hat und woher es stammt."

Vogler kochte starken „Männerkaffee" und stupste Konrad an, der sich mitten im Schnarchen verschluckte und aufwachte. „Wasn los", brabbelte er und Sebastian Vogler drückte ihm einen Becher mit kochend heißem Kaffee in die Hand. Konrad hatte einen schweren Hangover, bei dem die Kopfschmerzen noch das Geringste waren. Er setzte sich auf, rieb sich die Augen, die ihm nach dem ersten Schluck fast heraus gequollen waren. „Du bist ein echter Freund", stammelte er und sah Vogler dankbar an. Dann musste es aus ihm heraus.

„Weissu, ich hab einen Schatz gefundn. Son richtigen fetten Seeräuberschatz, oder so. Bisschen was hab ich im Schuppen verbuddelt…" Er kicherte, trank einen Schluck und rülpste lautstark. Vogler füllte Kaffee nach.

„Sag bloß…, wo hast Du den denn gefunden.

„Sierksdorfer Steilküste, als ich Sailor…" Plötzlich und für Vogler nicht nachvollziehbar heulte Konrad los, der an den toten Hund erinnert wurde. „Is ja gut Alter, is ja gut."

Da stand noch eine halbvolle Flasche Wodka auf der Kommode und Vogler goss Konrad einen ordentlichen Schluck in den Kaffeebecher. „Hier, trink erst mal." Er wartete bis Konrad sich beruhigt hatte und dann erzählte der seinem „Freund" alles.

Am Nachmittag sah Frau Mölter aus ihrem Fenster, dass Konrads Schuppen zum zweiten Mal in kurzer Zeit aufgeräumt wurde. Diesmal war der alte Mann nicht allein, trotzdem konnte sie sich nicht mit einem Kommentar zurückhalten. „Gut das sie dem mal helfen da Ordnung zu machen, junger Mann", sagte sie zu Vogler, der sie aber so ansah, dass sie schnell das Fenster schloss und die Gardine zu zog. Trotzdem passte Vogler jetzt auf, dass sie nicht sehen konnte, wie er die mitgebrachten großen Packtaschen mit den ausgegrabenen Schätzen zu seinem alten VW Bus brachte, der vor Konrads Laube parkte.

„Wahnsinn!" war das häufig gebrauchte Wort, das Vogler bei der Arbeit ausstieß. Konrad arbeitete eifrig mit, trotzdem ließ Vogler einige Schmuckstücke unter den Vordersitzen verschwinden.

Meller und Maschke erwarteten sie in Neustadt. Vogler lenkte den Bulli auf den Hinterhof von Mellers Geschäft und sie trugen die Taschen in die gut ausgeleuchtete Stube hinter dem Laden. Meller hatte den großen Tisch mit einer roten Samtdecke... -eigentlich eine Gardine, die er zum präsentieren von Schmuck angeschafft hatte- bedeckt und darauf legte Vogler nun Stück nach Stück, die Meller und Maschke begutachteten und dabei immer aufgeregter wurden. Konrad saß in der Ecke und trank Bier, von dem Vogler zwischendurch Nachschub von der Tankstelle holen musste. Die Läden hatten schon geschlossen.

Maschke lehnte sich zurück, als sie all die Leuchter, Armreifen, Goldkelche und Münzen taxiert hatten. Er war echt erschüttert. Das hätte er sich nicht zu erträumen gewagt. Das Geschäft seines Lebens! Meller war sowieso schon aus dem Häuschen und gab nur noch unzusammenhängende Laute der Bewunderung von sich, wenn er ein Stück mit der Lupe betrachtete. „Na, wie viel ist die Sore wert?" brach Vogler das Schweigen. Maschke sah in scharf an. Bei der Summe, die jetzt im Raum stand, kam es nicht mehr darauf an, Konrad zu betrügen. Aber Vogler konnte nun zur Gefahr werden.

„Hab Dir ja gesagt, dass die Jungs von der Balten-Gang bei der Vermarktung mitmischen..."

Er wollte Vogler sicherheitshalber noch mal klar machen, mit wem er es zu tun hatte, obwohl er keinesfalls irgend Jemanden zusätzlich beteiligen wollte.

„Du und der ehrliche Finder" – Maschke wies auf den schon wieder halbwegs betrunkenen Konrad- bekommt euren Teil, aber der Verkauf wird seine Zeit dauern. Muss vorsichtig erfolgen, verstehst Du?" Vogler nickte. „Krieg aber`n

Vorschuss. Brauch Geld", antwortete er und Maschke zog seine Geldrolle und warf je Fünftausend Euro für Konrad, Vogler und Meller auf den Tisch. Dann trat er nahe zu Vogler.

„Du passt aber weiter auf, dass Eisler nicht plaudert. Verstanden?"

Sie hatten gefeiert. Für Konrad nun schon fast Gewohnheit und er dachte dabei oft dankbar an Sailor. Er war nun, auf Voglers sanften Druck hin und weil das so schön bequem war, in dessen Dreizimmerwohnung, nicht weit von der „Matrosenbar" entfernt, eingezogen. Nebenan lag Vogler mit seiner Freundin Marion im Bett und das quietschte erheblich. Konrad richtete sich auf und Rita grunzte ärgerlich. Sie hatte es tatsächlich geschafft, sich an den alten, aber offenbar reichen Sack heranzumachen. Konrad spähte nach der Uhr und konnte entziffern, dass es schon nach Zehn war. Heller Sonnenschein durchdrang sogar Voglers schmutzige Fensterscheiben. Er sah sich um und verzog ein wenig angewidert das Gesicht. Ritas schlaffer Körper erstreckte sich da. Die Decke war heruntergerutscht und gab gnadenlos preis, was besser im Dunkel der Nacht geblieben wäre. Die dünnen von Krampfadern durchzogenen Schenkel, die in der spärlichen Schambehaarung konvergierten, der faltige Bauch mit den Schwangerschaftsstreifen, die großen Hängebrüste mit dunkelbraunen Höfen, das von Falten und Runzeln überzogene Gesicht, von dem die billige Schminke nun ab war und das wahre gelebte Leben zeigte...

Sie schlug die Augen auf und sagte „Guten Morgen, Liebster!" und Konrad zuckte zusammen. Er versuchte sich hochzustemmen, aber ihre Hand strich über seinen Oberschenkel und suchte sein bestes Stück, das nicht der Lust, sondern dem erheblichen Druck geschuldet so groß es bei Konrad ging, stand. Rita gluckste erfreut und dann umschlossen ihre Lippen sein Glied und saugten an ihm, dass Konrad die Luft weg blieb. „Ich muss!" keuchte er und Rita verstärkte den Druck ihrer Hand an seinen Hoden. Er lehnte sich zurück und begann an einer ihrer Brüste zu knabbern und dann konnte er sich nicht mehr zurückhalten und Rita kicherte...

Später, die Frauen waren endlich gegangen, saßen Konrad und Sebastian am Küchentisch und aßen Erbsensuppe aus der Dose, von der Vogler immer einen Vorrat im Haus hatte. Konrad legte den Löffel weg, nahm einen langen Zug aus seiner Bierflasche und rülpste lautstark.

„Klasse Essen, Alter. Das brauchte ich. Diese Rita... Meine Fresse, so was hatte ich noch nie!" Vogler lachte. „Aber Du hältst die Schnauze was den Schatz angeht", warnte er seinen Schützling.

„Klar Mann... Bin doch nicht bescheuert." Er schwieg einen Moment. „Du Sebastian, da ist noch was. Ich meine, da is noch mehr in dem Loch in Sierksdorf." Sierksdorf?" fragte Vogler, der den Themenwechsel noch nicht mitgemacht hatte.

„Na, der Schatz, Du weißt schon", sagte Konrad. Nun war Vogler voll bei der Sache.

„Also in Sierksdorf hast Du das gefunden. Wo denn da genau?" Konrad sah nun keinen Grund mehr, Vogler zu misstrauen und beschrieb genau die Stelle, wo sein Fund lag. „Die Figur ist riesengroß", nuschelte er. „Was für ne Figur?" fragte Vogler nach. „Na diese Statue oder was das is. Jedenfalls unheimlich schwer. Vielleicht sogar Gold", antwortete Konrad und Vogler ging telefonieren.

Konrad war nicht dabei. Vogler hatte Rita ins Gebet genommen und für genug Schnaps und eine Dose Würstchen gesorgt. Rita würde Konrad beschäftigen. Maschke und Meller stiegen in Voglers VW-Bus, der die Gegend ganz gut kannte. Dunkelheit und Nieselregen… Perfekt für ihr Vorhaben, aber nicht für Mellers Wohlergehen. Er schauderte und zog sich seinen Trenchcoat enger um den Körper. Maschke kannte so was eher und hatte seine teure „Jack Wolfskin" Outdoorkleidung angelegt. „Hier muss das sein", murmelte Vogler.

Sie parkten den Wagen, wo auch Konrad geparkt hatte. Der schmale Weg war schlammig und Meller fluchte und dann stieß Vogler den mitgebrachten Spaten in das lockere Erdreich zwischen den Wurzeln. Maschke und Meller leuchteten mit ihren Taschenlampen.

„Klong!" Eisen war auf Metall gestoßen und Maschke sagte „Vorsicht Vogler, Mensch!" Eine Viertelstunde später war zumindest den beiden Geschäftsmännern klar, was da verborgen lag. Maschke machte ein paar Fotos und das grelle Blitzlicht blendete sie. „Wir brauchen einen Laster mit Winde, so kriegen wir die Figur hier nicht weg", meinte Vogler. „Und einen Platz zum Verstecken. Bei mir geht das nicht. Zu groß." meinte Meller. Arved Maschke besah sich kritisch den schmalen Weg. „Scheiße, hier kommt kein Laster hoch", sagte er dann. „Vogler, alles wieder zubuddeln und tarnen", befahl er und später saßen er und Meller – Vogler war wieder zu Konrad gegangen, in einer Weinstube in Neustadt und berieten.

Arved Maschke war klar, dass seine Kundschaft für dieses Kunstwerk nur sehr eingeschränkt sein konnte. Er hatte ein paar Fotos mit seiner Digitalkamera gemacht und damit ging er, weil er auch nach langer Recherche im Internet und in Fachbüchern keinen Hinweis auf die Herkunft der Figur finden konnte, die Breite Straße hinauf zur Marienkirche. Er kannte dort einen geschichtskundigen Mann, Diakon Felix Tarau, der sich mit verschwundenen sakralen Gegenständen auskannte und sich schon einmal bei der Identifizierung eines gestohlenen Kelches, der aus dem Aachener Dom stammte bewährt hatte. Tarau blieb der Mund offen stehen als Maschke ihm die Fotos zeigte.

„Wo… wo haben Sie diese Figur gesehen. Wo ist sie?" „Sie kennen sie?" fragte Maschke überrascht. „Die silberne Madonna…", sagte Tarau ehrfürchtig. „Sie stand mal in Jerusalem…. Die Ritter des Deutschen Ordens haben sie dann nach Ostpreußen in die Marienburg gebracht. Sie wurde gestohlen. Man sagt…" er brach ab.

„ Herr Maschke, wenn die echt ist… Eine Sensation!"

Arved Maschke schwieg. Das war nicht gut für ihn. Wenn Tarau die Herkunft dieser Figur kannte, gab es sicher auch noch Andere und das verkleinerte die Vermarktungschancen noch mehr. „Ich melde mich, wenn ich Näheres weiß", verabschiedete er sich schnell und ging.

Felix Tarau vergaß all seine Pflichten. Die Konfirmanden warteten eine halbe Stunde, dann gingen sie wieder. Später kam der Kirchenchor zur Probe und auch ihm blieb nur der direkte Weg ins Stammlokal, in dem sie sich sonst erst nach dem Üben auf ein Bier trafen. Tarau saß im Archiv und hatte große alte Kirchenbücher und Folianten um sich ausgebreitet. Kurz nach Mitternacht stieß er auf eine handschriftliche Notiz, die einer seiner Vorgänger vor mehr als 600 Jahren in eines der ersten noch erhaltenden Journale der Marienkirche gemacht hatte. Felix klopfte das Herz in der Brust vor Aufregung. Sollte das wirklich… Und er war dazu ausersehen, dieses Heiligtum doch noch nach Lübeck zu bringen. „Oh Heiland…", murmelte er und machte sich an die Abschrift des Textes.

Diese Rita ging Vogler gewaltig auf die Nerven. Nicht weil sie sich an Konrad herangemacht, und dem schon mehr als die Hälfte seines Anteil abgenommen hatte, aber sie tat, als wenn Voglers Wohnung ihr gehören würde. Schnüffelte überall rum und lies Sachen liegen. Zugegeben, Kochen konnte sie, aber Vogler fand, dass es nun genug war. Marion hatte ihm geraten, Rita raus zu schmeißen „Sonst gehe ich!" hatte sie gedroht. Rita hatte dann auch ihre Handtasche genommen und war gegangen als er ihr das nahe legte, aber dummerweise war Konrad mitgegangen. Zu dem Zeitpunkt war Vogler gerade nicht so im Vollbesitz seines Verstandes gewesen, denn er hatte sich, angesichts seines neuen Wohlstandes, eine Flasche Chivas Regal geleistet und gleich mal halb ausgetrunken. Nach dem Aufwachen war er ziemlich panisch herumgelaufen, um Konrad zu finden, denn Maschkes Warnung fiel ihm ein. Aber er fand das Pärchen in Konrads Laube. Konrad hatte bisher dicht gehalten und Vogler ging beruhigt nach Hause zu Marion.

Konrad japste. Sein Herz schlug zum Zerspringen. Rita hatte… Nein, noch mal würde er das nicht aushalten. Sachte schob er ihre Hand weg, die sich schon wieder seinem Gemächt näherte. „Unersättlich, dieses Weib", dachte er. Rita legte sich zurück und zündete sich eine Zigarette an. Das mochte Konrad nicht, aber was sollte er machen… „Sag mal,

Liebster..." -das mochte Konrad eigentlich auch nicht, diese Anrede- „wo stammt eigentlich Dein Geld her? Hast Du im Lotto gewonnen? Ich mein`... diese Bude hier und dann aber die dicken Tacken in der Hosentasche... ist doch seltsam, mein ich."

Sie stieß eine große Rauchwolke aus und Konrad hustete. „Geht Dich nix an", sagte er schließlich und Rita stand auf und watschelte mit schwingenden Brüsten zur Kaffeemaschine, um frischen Kaffee zu machen. Konrad schwieg und sah sie an. Je länger er sie um sich hatte... Sooo übel war sie nicht und was sie so mit ihm anstellte... Rita hatte Zeit und Lust sich um ihn zu kümmern. Vielleicht ihre letzte Chance. Konrad war ein einsamer alter Mann mit vielen unerfüllten Wünschen und Rita wusste, dass er ihr über kurz oder lang alles sagen würde.

Probst Haller war eigentlich nicht der typische Gottesmann. Er hätte auch als Geschäftsmann Karriere machen können. Predigten waren nie sein Ding gewesen, eher die Verwaltungsarbeit und die, wenn auch nicht mehr so ausgeprägte, aber doch noch vorhandene Möglichkeit zur Ausübung von Macht über andere.

Felix Tarau war ein guter Mitarbeiter mit einem, wie Haller schien, eingeschränkten Horizont aber was er nun vorbrachte...

„Ich habe die Fotos auf Herrn Maschkes Digitalkamera gesehen. Die „Madonna von

Padua" ist aufgetaucht. Ich schwöre es beim Herrn Jesus Christus!"

Haller lehnte sich zurück. Er wies auf den Text, den Tarau aus dem alten Journal kopiert hatte. „Können wir daraus einen Besitzanspruch ableiten? Ich meine…, die Madonna ist seinerzeit auf ungeklärte Weise aus der Marienburg verschwunden. Niemand weiß, ob dieser Patrizier…, dieser Geswein…, ob der legal in den Besitz der Statue gekommen ist. Nur, dass er sie der Kirche stiften wollte und das Schiff unglücklicherweise überfallen wurde, in Brand geraten und gestrandet ist."

Tarau schüttelte vehement den Kopf. „Das hier, oder natürlich das Original in unserem Journal, legt unmissverständlich dar, dass Geswein die Madonna der Marienkirche zu Lübeck gestiftet hat. Sie war nach allem was wir wissen, in seinem Besitz also gehört sie uns!"

Probst Heller strich sich mit der Hand übers Kinn. „Was mag die heute Wert sein? Wir könnten mit dem Erlös vielleicht das Dach sanieren…" Tarau war empört.

„Die Madonna gehört der Kirche und es werden Hunderte, ach was sag ich, Tausende kommen, um sie zu sehen. Sie anzubeten. Sie ist ein …" er rang nach Worten,

„Ein Monument des Glaubens!"

Heller sah aus dem Fenster. Wie sollte er diesem Eiferer deutlich machen, dass für ihn das undichte Dach wichtiger war.

„Was sollen wir also ihrer Meinung nach tun?" fragte er schließlich. „Stellen Sie mich für die Suche nach der Figur frei und geben sie mir freie Hand, wenn ich fündig werde."

Probst Heller wusste zwar nicht, was Tarau damit meinte, aber er stimmte zu und damit war Diakon Tarau Sonderbeauftragter für die Wiederbeschaffung der silbernen Madonna.

Felix Tarau kannte Frau Kolese, die Bibliothekarin, die das Stadtarchiv unter sich hatte, schon seit langem. Sie hatten gemeinsame Interessen, denn auch sie war in die vielfältige Geschichte Lübecks, die sie sozusagen direkt verwaltete, verliebt und mitunter hatten sie ihre Wege auch ins Archiv der Marienkirche geführt, in dem Tarau regierte. Tarau wollte seiner Kollegin jetzt noch nicht sagen, worum es genau ging, aber nach einigem Hin und her hielt er die Handelsprotokolle und Ladelisten der Koggen Gesweins aus der fraglichen Zeit in Händen. Sie waren nicht vollständig, denn die britischen Bomben des Zweiten Weltkriegs hatten auch das Archiv beschädigt, aber er fand den Eintrag über die „Hella Geswina" für das fragliche Jahr. Ihre Abreise nach Ostpreußen und ihr Ende an der Mecklenburger Küste. Der Hinweis, dass vermutlich der Neustädter Ritter von Westerrade Verursacher des Verlustes gewesen war. Eine Notiz in einem anderen Journal des Rates für das gleiche Jahr, das einen Feldzug gegen Neustadt beurkundete und einen Sieg vermeldete.

Aber es gab keinen Hinweis auf die Madonna. „Versuchen Sie es doch mal bei Geswein", sagte Frau Kolese, als Tarau enttäuscht die Akten schloss.

„Die gibt's noch?" fragte er erstaunt. Frau Kolese nickte. „Ja, hab gerade etwas über eine Mirja Geswein gelesen, die in der Hüxstraße im Hause ihrer Vorfahren ein Cafe eröffnet hat. Das muss das Patrizierhaus sein. Vielleicht gibt es noch alte Akten der Familie."

Mirja Geswein war ein schlanke, auf eine gewisse kühle Art attraktive Mittvierzigerin. Sie war die letzte in der langen Reihe der Gesweins und sie war sich dessen manchmal schmerzhaft bewusst. Zwei Ehen hatte sie hinter sich. Beide Male hatte sie ihre Männer dazu gebracht, ihren Namen anzunehmen, aber es stellte sich kein Nachwuchs ein, die Ehen waren gescheitert und die Männer hatten ihre Geburtsnamen wieder angenommen.

So würden die Gesweins, nach über achthundert Jahren nachgewiesenem Stammbaum, mit ihr verschwinden. Ihr Cafe, ihre letzte wirtschaftliche Hoffnung hatte sie liebevoll mit antiken Möbeln ausstaffiert und trotzdem…, bisher blieb der Erfolg aus. Die Leute gingen lieber zu Niederegger oder ins Wiener Cafe. Sie seufzte.

Ein Herr betrat die Gaststube und sie sah ihn hoffnungsvoll an. Er setzte sich in eine Ecke und sie nahm eine Karte und ging zu ihm.

„Guten Tag, mein Herr. Ich empfehle ihnen unseren Kirschkuchen", sagte sie.

„Nur einen Kaffee bitte", antwortete Tarau. Er sah ihr nach und beobachtete sie, während sie den Kaffee bereitete. Dann brachte sie das Tablett und er sagte „Sind Sie Frau Geswein? Ich muss mit Ihnen sprechen. Tarau, Felix Tarau. Diakon der Marienkirche", stellte er sich vor. Frau Geswein setzte sich ihm gegenüber. „Ich hab ja Zeit", sagte sie mit einem bitteren Unterton, der Tarau nicht entging.

„Ich untersuche einen Diebstahl, der vor langer Zeit geschah und der ihre Familie betraf...", begann er und Mirja hörte mit wachsender Spannung zu.

Manuel Drewitz war übler Stimmung. Die Neukunden waren spärlich gesät und ein Teil seines Gehaltes war Provisionsabhängig. Nun ja, er konnte eigentlich nicht klagen. Die „Seaguard-Versicherung" zahlte recht gut und es blieb ihm auch so genug. Er lebte allein und recht bescheiden. Hin und wieder mal essen gehen und einmal im Monat ein Besuch in dem Haus mit den roten Lampen an der Untertrave.

Mirja Geswein kannte er von früher her. Seine Ex-Frau war mit ihr zur Schule gegangen. Er betrat das Cafe und sie nickte ihm zu. Es waren noch ein paar andere Gäste da und er musste warten, bis sie seine Bestellung aufnahm. Er liebte Marzipan-Torte und Mirja brachte ihm ein extra großes Stück. Sie würde den Rest der Torte sowieso morgen entsorgen müssen, denn die Sahne begann schon einen Stich zu kriegen. Später, als die anderen Gäste gegangen waren setzte sie sich zu ihm.

„Muss Dich mal was fragen, Manuel", sagte sie direkt. Dann erzählte sie von Tarau und seinem Anliegen und Drewitz hörte höflich aber nicht besonders interessiert zu.

„Als der weg war, habe ich mal auf dem Dachboden nachgesehen. Da liegen Unmengen alter Bücher. Wenn diese Figur wieder aufgetaucht ist, wie der Diakon sagt... ich meine, die war ja noch in unserem Besitz als sie gestohlen..., also von diesem Seeräuber aus unserer Kogge erbeutet wurde. Dann gehört die doch eigentlich mir, oder?" Jetzt war Drewitz doch hellhörig geworden, denn mit Raub zur See, wenn auch in ihrer modernen Form hatte er beruflich zu tun. „Ja, ich meine... vielleicht. Wenn es da nicht schon eine Schenkungsurkunde oder so was gab... Hast Du was in den Büchern gefunden?" Mirja schüttelte den Kopf. „Nee, ich konnte nicht lange aus dem Cafe und das sind so viele dicke Bände..." Sie schüttelte betrübt den Kopf. Drewitz dachte nach. „Wenn ich Dir helfe und die Figur gehört Dir wirklich..., ich meine, wenn wir das nachweisen und sie ausfindig machen können..."

Klar!", unterbrach ihn Mirja, die nun etwas aufgeregt wurde. „Du kriegst einen Anteil. Was meinst Du, was die so Wert ist?" Drewitz schüttelte den Kopf. Er hatte keine rechte Vorstellung vom Wert so eines Kunstschatzes.

„Vielleicht ein paar Hunderttausend?" schätzte er ins Blaue. Mirja rang die Hände. Das würde sie retten! Ihre Schulden wären mehr als ausgeglichen. „Abgemacht", sagte sie. Drewitz dachte wieder nach. „Ich hab da so eine arrogante Ex-Polizistin in meiner Abteilung. Die schick ich Dir. Aber verplapper Dich nicht. Sie soll denken, sie arbeitet an einem Fall der „Seaguard". Soll die sich doch durch die Bücher wühlen." Er kicherte und Mirja holte zwei Prosecco, um mit Drewitz anzustoßen.

Es war gar nicht so schlimm, wie Ellen gefürchtet hatte. Vielleicht war das ja auch ganz gut so. Irgendwann musste sie damit ja mal fertig werden. Das Cafe, in dem sie ihren Partner erschossen hatte hieß jetzt anders und das half. Micha nahm ihren Arm und führte sie über den Ostseeplatz. Die Sonne schien und es war überraschend warm. Ellen wunderte sich. So viele Menschen waren hier früher nicht unterwegs gewesen. Sie überquerten die Strandallee und gingen über die Promenade an der Bastei vorbei in Richtung Seebrücke.

„Hier hat sich aber wirklich was getan", staunte sie. Wo vor einiger Zeit noch Sandflächen mit ein paar spärlichen Bäumen gewesen waren, standen jetzt skandinavisch anmutende Holzhäuser, die Läden und Gastronomie beherbergten. Micha lachte. „Ja, das ging schnell, als die erst mal angefangen haben." „Gosch!" rief Ellen begeistert, die sich an Urlaub auf Sylt erinnert fühlte. Sie bestellten

„Feuerspieße", bestehend aus Garnelen mit sehr scharfer Sauce, Baguette und gekühltem Weißwein dazu. Mit Mühe fanden sie Platz ein einem der erhöhten Tische direkt neben der Dünenkante. „Das ist toll hier", schwärmte Ellen und drückte Michas Arm, der sie lächelnd ansah. Er freute sich, dass sie ihre „Scharbeutz-Phobie" überwunden hatte. Die Spieße schmeckten hervorragend und als die Dämmerung einsetzte wechselten sie ins „Cafe Wichtig", ein Haus weiter. Alle Tische waren besetzt aber dann sah Micha Leute, die er kannte und sie fanden Platz an deren Tisch. „Sieglind und Moritz Krämer", stellte er sie Ellen vor. „Sie betreiben einen Verlag hier in Scharbeutz, für den ich manchmal bisschen was schreibe", sagte er und stellte nun auch Ellen vor. Es wurde ein anregender Abend. „Was machen Sie... oder lassen sie uns „Du" zueinander sagen, so beruflich?" fragte Sieglind, der die aparte Frau neben Micha Sauer sympathisch war. Ellen nahm einen Schluck „Aperol-Sprizz" und winkte ab.

„Ich ermittle gerade so einen langweiligen Fall für die „Seaguard-Versicherung". Da ist offenbar ein seit Jahrhunderten verschwundener Kunstschatz, der seinerzeit von Seeräubern einem Lübecker Kaufmann gestohlen wurde, wieder aufgetaucht. Vielleicht nur ein Gerücht. Ich soll dem nachgehen. Im Moment muss ich mich durch dutzende staubige Bände mit alten Ladelisten und Tagebüchern wühlen."

Sieglind war fasziniert. „Das wäre eine Story für einen Krimi", dachte sie. Vielleicht könnte Micha den schreiben. Genug Phantasie hatte er

ja. „Warum haben sie die Polizei verlassen?"
fragte Moritz und Micha wollte schnell das
Thema wechseln, aber Ellen antwortete.

„Lass nur. Ich glaube, ich kann jetzt darüber
reden." Dann erzählte sie die Geschichte der
Nacht, in der sie hier in Scharbeutz bei einer
Razzia versehentlich, oder wegen der Umstände,
ihren Partner Herbie Pring erschossen hatte.
Moritz Krämer nickte langsam. „Ich habe
seinerzeit darüber gelesen. Tragisch…"

Es trat ein Schweigen ein, das Micha brach,
indem er sein Glas hob. „Lassen wir die
Vergangenheit ruhen. Wir können nichts mehr
ändern und… Ach egal, auf die Zukunft!"

Die vier waren unten den letzten Gästen, die
das Cafe verließen und Ellen schwankte ein
bisschen als Micha sie in seine Wohnung führte.
„Du hast nette Freunde", sagte sie als sie im
Fahrstuhl standen und er küsste sie zärtlich.

„Noch einen Schlummertrunk?" fragte Micha
und Ellen nickte. Micha bereitete einen
Ramazotti mit Eis und Zitrone zu und legte eine
CD von Zuccero auf, der „Senza una Donna"
sang und der fahle Dreiviertelmond, der über der
dunklen Ostsee stand, war mehr als genug Licht
für die beiden, die sich ihrem Verlangen
hingaben.

Zum Glück hatte Sebastian Vogler beim Bund seinen LKW-Führerschein gemacht. Arved Maschke hatte den Fünftonner gemietet und Vogler hatte ihn am Nachmittag in Lübeck abgeholt. Auf dem kleinen Anhänger stand der schmale Minibagger, der gewöhnlich zum Ausheben von Gräben benutzt wurde. Meller war zu Hause geblieben. Er hätte sowieso nur im Weg gestanden. Sie hatten bis nach Mitternacht gewartet und für Maschkes Geschmack war diese Nacht viel zu hell. Dreiviertelmond und wolkenlos. Aber länger warten ging nicht. Vogler hatte berichtet, dass Konrad das Maul nicht gehalten hatte. Diese dumme Frau, die er neuerdings im Schlepptau hatte, war auch nicht für ihre Verschwiegenheit berühmt. Gut das Meller nicht mit war. Maschke und Vogler wussten, was zu tun war. Sie hatten zu viert im engen Führerhaus gesessen. Konrad ganz außen, Rita an ihn gepresst mit Maschke auf der anderen Seite, der wiederum Vogler, den Fahrer bedrängte, der kaum schalten konnte.

Rita schwitzte stark und Maschke versuchte vergeblich Abstand zu gewinnen. Sie war aufgeregt, weil sie mit durfte und kam sich wichtig vor. Vogler hielt und endlich konnten sie aussteigen. Konrad half die Klappe des Hängers zu öffnen und zwei Stahlrampen anzulegen. Vogler schwang sich in das enge Führerhaus des kaum Einen Meter zwanzig breiten Baufahrzeugs und ließ an. Maschke zuckte zusammen, denn das Dröhnen des Diesels klang hier unheimlich laut. Vogler wäre beim Abladen fast mit dem Bagger umgestürzt, denn das Lenken mit den beiden Bremshebeln kannte er nicht. Sie hatten Glück und langsam näherten sie sich der Buche.

Maschke voran mit seiner starken Lampe, dann der Bagger, und zuletzt Konrad und Rita. Hand in Hand, und Konrad erzählte Rita zum hundertsten Male von der Nacht, in der er Sailor…

Vogler stellte den Motor ab und drückte Konrad und Maschke Schaufeln in die Hand. Die Lampe wurde an einen Ast gehängt und gab diffuses Licht, das auch noch schwankte, wenn der Wind den Ast bewegte. Rita war es gruselig und sie schauderte. Vogler hatte ihr einen Besen gegeben. Die Männer legten vorsichtig die Madonna frei, was seine Zeit dauerte, denn sie mussten sehr sorgsam zu Werke gehen. Von Zeit zu Zeit machten sie Pause und Rita fegte Sandreste und Schmutz von der mehr und mehr freiliegenden Madonna. Arved Maschke starrte die Figur andächtig an. Er war der einzige in der Runde, der sich der kunstgeschichtlichen Bedeutung des Augenblicks bewusst war. Für die anderen lag da nur Geld. Er verachtete sie!

„Los Vogler, wir haben nicht ewig Zeit", kommandierte er und Sebastian startete den Bagger und fuhr ihn vorsichtig an den Rand der Grube. Maschke sprang hinein, legte die starken Textilgurte um den Korpus der Madonna und hakte die freien Enden um die Zinken der Baggerschaufel. Er kletterte aus dem Loch, wobei Konrad ihm behilflich war und Vogler zog an einem der beschrifteten Hebel. Der Diesel dröhnte lauter, der starke Hydraulikarm des

Baggers hob sich und mit ihm hob sich die Madonna.

Das fahle Mondlicht durchdrang in diesem Moment das Laubdach eines Baumes und tauchte die aufschwebende silberne Frauengestalt in ein geisterhaftes Licht und selbst Vogler erschauerte.

Rita, die noch ein bisschen katholisch war, bekreuzigte sich schnell und faltete dann die Hände und Konrad stand mit offenem Mund daneben. Vogler drehte am Griff und der Bagger schwenkte herum. Die in den Gurten schwankende Madonna lag wieder im Dunkel und der Zauber war gebrochen.

Vogler stellte den Motor wieder ab und sprang auf den Boden. Rita machte einen Schritt auf die Madonna zu und berührte sie. „Sieht so echt aus", krächzte sie und dann traf sie die Schaufel.

Konrad schrie, als das Blut aus ihrem Schädel schoss und wollte sich auf Vogler werfen, aber noch bevor er einen Schritt gemacht hatte, traf ihn Maschkes Spaten.

Maschke war nicht so kräftig wie Vogler und deshalb musste er noch zweimal zuschlagen, um Konrad auszulöschen.

Eine halbe Stunde später war das Madonnengrab wieder zugeschaufelt –nunmehr das Grab Ritas und Konrads-, der somit für alle Ewigkeit nur vier Meter von Sailor entfernt war.

„Wenn bloß keiner kommt...", hatte Vogler immer wieder gemurmelt, aber das Glück war mit ihnen. Um vier Uhr war der Bagger wieder auf dem Hänger, und die Madonna lag auf einem Schaumstofflager und gut verhüllt auf dem Laster. Mit Schaufeln und Besen beseitigten sie die Raupenspuren des Baggers auf dem Weg und dann waren sie endlich unterwegs nach Schürsdorf, wo Arved Maschke eine leer stehende Scheune angemietet hatte.

Diesmal hatten sie Platz im Führerhaus, in dem noch ein Rest von Ritas Schweißgeruch haften geblieben war, weshalb Maschke das Fenster herunterkurbelte. Als sie die Scheune erreichten stoppte Vogler den Motor und lehnte sich erleichtert an die Rücklehne. „Scheiße...", sagte er. Maschke sagte nichts, zog aber einen Flachmann mit Cognac aus der Tasche und reichte ihn Vogler, der gierig trank. Maschke trank auch, dann gab er Vogler einen Umschlag, gefüllt mit Banknoten, die dieser ungeprüft in die Tasche schob.

Die Scheune stand einsam am Dorfrand, trotzdem warteten sie bis gegen acht Uhr, bevor sie mit Hilfe des Minibaggers die Statue in die Scheune brachten, in deren Boden Vogler ein Loch aushob, das Maschke sorgfältig mit Schaumstoff auskleidete. Dann verschwand die „Madonna von Padua" erneut in einem Grab, diesmal allerdings nicht für lange, wenn es nach Maschke gehen würde. Sein Mercedes stand hinter dem Schuppen und er folgte Vogler, der den Laster nach Lübeck zurückbrachte, wo er ihn ordnungsgemäß abgab.

Später fuhr Vogler mit dem Zug nach Neustadt zurück und bekam Katzenjammer, denn es war sein erster Mord gewesen. Da konnte nur Schnaps helfen - und er half.

Das Dokument

Diakon Tarau war ein wenig enttäuscht. Sein Eifer eine Spur der Madonna zu finden wurde auf eine harte Probe gestellt. Maschke war für ihn nicht zu sprechen. Wohl schon hundert Mal hatte er versucht, den Kunsthändler zu erreichen. Diese Mirja Geswein war auch eine Enttäuschung. Tarau hatte eigentlich erwartet, dass sie quasi sofort ihren Dachboden nach noch vorhandenen Dokumenten absuchen würde...

So blieb ihm nur sein eigenes Archiv und am Ende des dritten Tages fast ununterbrochener Suche hielt er das ersehnte Pergament, in sehr schlechtem, aber lesbaren Zustand und an einer Ecke angesengt, in Händen.

„Zu Frommen und Heil der ewigen Kirche zu Lübeck und zur Erlangung des Ablasses meiner Sünden doniere ich, Balthasar Melchior Geswein, Kaufmann zu Lübeck besagter Kirche zu unser lieben Frau Maria die als „Madonna von Padua" bekannte Staue.

Gesiegelt zu Lübeck..."

Dann kamen einige unleserliche Worte und dann ein großer Brandfleck mit einem angeschmolzenen undeutlichen Siegel. Keine Signatur!

Tarau klopfte das Herz bis zum Hals. Mit fliegenden Fingern suchte er in den anderen

Folianten und fand aber nichts, worauf Siegel und Signatur Balthasar Gesweins abgebildet waren. Sofort schloss er die Dokumente ein und eilte ins Stadtarchiv wo Frau Kolese ihm abermals bei der Suche half. Auch dort…Nichts.

„Nun sag mir doch endlich was Du genau suchst", drängte die Bibliothekarin, aber Tarau wich aus. „Ach nichts Besonderes. Ich kartographiere gerade unsere Dokumentenbestände und da wollte ich das Siegel dieses Geswein bestätigen." Frau Kolese nickte. „Warst Du bei Frau Geswein, die das Cafe betreibt?" fragte sie und Tarau zuckte die Schultern. „Ja, war ich, aber die hat scheinbar kein besonderes Interesse an ihrer Vergangenheit. Frau Kolese schoss ein Gedanke durch den Kopf. Vielleicht konnte sie ja den Aktennachlass des Patrizierhauses für das Stadtarchiv sichern, wenn diese Frau Geswein sich nicht dafür interessierte. Nur nichts Tarau merken lassen, damit er ihr nicht zuvor kam.

„Ich suche später weiter wenn Du willst", bot sie an und schob einen Termin vor. Tarau verstand und ging.

Später am Nachmittag betrat Frau Kolese das Cafe Geswein. Sie stellte sich vor und Mirja Geswein hörte sich ihr Anliegen an.

„Würde ich etwas für die Dokumente bekommen? Ich meine, die sind doch etwas wert, oder?" Frau Kolese krümmte sich etwas, denn ein regelrechtes Budget für Neuerwerbungen hatte sie nicht. Sie würde einen Antrag bei der

Stadtkasse stellen müssen und bei der bekannt schlechten Lage der Lübecker Finanzen...

In diesem Moment kam eine mittelblonde Frau etwa vierzigjährige Frau die Wendeltreppe im Hintergrund des Gastraumes hinunter. Sie trug einen Wäschekorb aus Plastik in Händen der, wie Frau Kolese sofort bemerkte, bis zum Rand voller alter vergilbter Dokumentenrollen und Heften gefüllt war. Sie nickte Frau Geswein zu und sagte. „Ich nehme das mal mit zu mir nach Hause. Da oben gibt's kein richtiges Licht. Ist das in Ordnung?" „Ja, natürlich Frau Hamann", antwortete die Wirtin. „Hoffentlich finden sie etwas."

Ellen nickte und verließ das Cafe. Frau Kolese konnte es nicht fassen.

„Sie... sie geben diese Dokumente einfach so jemandem mit? Ohne Quittung und so weiter?" Mirja Geswein winkte ab. Sie wollte eigentlich nicht mit der Bibliothekarin über die Sache reden aber... „Es gibt da einen ungeklärten Besitzanspruch meiner Familie und Frau Hamann ist eine... eine Art Detektivin, die sich darum kümmert." Frau Kolese starrte stumm ihren Kuchenrest auf dem Teller an. Konnte dass Zufall sein? Erst Taraus auffälliges Interesse am Haus Geswein, nun eine Detektivin, die wertvolle Dokumente sichtete... Mirja Geswein erhob sich. „Ich habe jetzt leider zu tun, Frau..." „Kolese", half die Archivarin und kramte eine Visitenkarte heraus, die sie Mirja in die Hand drückte. „Ich werde sehen, ob ich Geld für den Ankauf ihres Privatarchivs locker machen kann, aber sie sollten auch bedenken, welch gute Presse Sie im Fall einer Schenkung an ihre Heimatstadt bekommen können. Wir könnten eine große Pressekonferenz hier in ihrem Cafe abhalten... Fernsehen natürlich auch." Das gefiel Mirja. Werbung konnte sie brauchen.

„Ich denke darüber nach", verabschiedete sie die Bibliothekarin, die so in Gedanken über das Erlebte war, dass sie in der Breiten Strasse in einen Hundekothaufen trat.

Ellen fluchte. Der Wäschekorb war nicht besonders schwer, aber sperrig und sie war froh als sie die zwei Stockwerke bis zu ihrer Wohnungstür bewältigt hatte. Sie schloss auf und stellte den Korb vorerst auf den Küchentisch. Dann wusch sie sich erstmal ausgiebig die Hände. Der alte Staub von den Dokumenten schien überall an ihr zu kleben und sie ekelte sich davor. Ellen beschloss, sich Gummihandschuhe in der Drogerie zu besorgen, ehe sie sich an die Sichtung der Rollen machte.

Micha hatte eine Nachricht auf ihrem Anrufbeantworter hinterlassen und sie rief zurück. Eigentlich wollte sie ihn nicht so oft sehen, aber dann nahm sie seine Hilfe an, die er anbot, als sie von ihrem Auftrag berichtete.

„Ich mach mich auf den Weg!" sagte er und sie summte vor sich hin, während sie eine Flasche Pinot Grigio, den er so gern trank, in den Kühlschrank stellte. Dann sah sie in den Spiegel und beschloss schnell noch ihre Haare zu waschen, denn ihr war klar, wie der Abend enden würde und sie freute sich darauf.

Arved Maschke war sich unschlüssig. Vielleicht sollte er doch noch mal mit diesem Tarau reden, der ihn mit Anrufen bombardierte. Eigentlich sollte es kein Problem sein, die Madonna zu verkaufen, aber ihm fehlten ein paar Details aus deren Geschichte. Wo genau war sie entstanden und wer war der Künstler? Maschke war ein alter Fuchs in der Szene und wusste auch, dass bei so einer wechselhaften und langen Geschichte eines Kunstwerks viele Ansprüche -berechtigt oder nicht– gestellt werden würden. Nein, Tarau konnte lästig werden. Er seufzte und rief Meller an.

Sie trafen sich im Cafe Wichtig in Scharbeutz. Die Sonne schien und die Terrasse platzte aus allen Nähten. Schon wieder fragte jemand „Ist hier noch frei?" und Maschke knurrte. „Nein!" Meller war zu dick angezogen und lockerte sich mit dem Finger den engen Hemdkragen. Maschke sah sich um. „Eine Goldgrube", knurrte er und nickte dem groß gewachsenen grauhaarigen Wirt zu, der selbst hier und da Hand anlegte. Maschke kannte ihn oberflächlich aus Timmendorf, wo das Cafe Wichtig seinen Stammsitz hatte. Es war jetzt Mitte Juni und die Saison hatte voll eingesetzt. Vor dem Strand lagen einige Yachten vor Anker und eine hübsche dunkelhaarige Frau sauste in einem flachen blauen Motorboot herum und brachte die Leute an die Seebrücke.

„Hast Du schon einen Kunden für die Madonna an der Hand?" fragte Meller und nahm einen langen Zug Bier. Maschke schüttelte den

Kopf. „Nee Du, dass muss sorgfältig vorbereitet werden. Ich brauche noch Hintergrund-Informationen über die Figur. Das musst Du machen." Meller dachte nach. Gewöhnlich waren Recherchen über verschwundene Kunstgegenstände nicht schwierig.

„Dieser Tarau von der Marienkirche kennt sich aus", sagte Maschke weiter „Aber er ist eine Zecke! Ich glaube er meint, die Figur gehört ihm oder genauer der Kirche."

„Hmm!" antwortete Meller „Kann ja auch sein. Ich geh erst mal ins Stadtarchiv. Internet hast Du ja wohl schon gecheckt?" Maschke nickte. „Nix drin, nur so Vermutungen."

Meller nickte. „Ich habe neulich diesen Vogler gesehen. Hat sich richtig ausstaffiert und fährt jetzt einen neuen Mercedes. Aber der Alte ist von der Bildfläche verschwunden." Maschke schwieg, dann sagte er „Der gönnt sich mit seiner neuen Freundin erstmal einen langen Urlaub. Über den würde ich mir keine Gedanken mehr machen." Meller nickte und dachte dankbar an Konrad Eisler. Der Gewinn, den er mit dem Verkauf der Münzen und Schmuckstücke gemacht hatte, hatte sein Geschäft saniert. Wenn dann noch sein Anteil aus dem Verkauf der Madonna kommen würde, konnte er sich zur Ruhe setzen.

Sie tranken noch ein Bier zusammen, dann verabschiedeten sie sich und fuhren heim.

Arved Maschke war etwas beunruhigt wegen dem, was er über Vogler gehört hatte. Zu blöd, dass der jetzt schon so auffällig den dicken Max markierte. Er nahm sich vor, Vogler mal zur Vorsicht zu ermahnen.

„Mensch Arved, was machst Du denn hier? Lange nicht gesehen." Maschke lächelte, stand auf und nahm die attraktive Frau in T-Shirt und kurzen Hosen in den Arm.

Hab ich mich also doch nicht getäuscht", sagte er. Du fährst das Taxiboot da draußen?" Er wies zur Seebrücke hinüber. Iris grinste. „Ja, das ist so ein Werbegag von den Betreibern der Dünenmeile hier. Ich mach das, bis ich was Besseres finde…" Maschke bemerkte, dass sich ihre Miene bei den letzten Worten verdüstert hatte.

„Aber Iris, für eine Frau wie Dich hab ich doch immer Verwendung. Lass uns mal drüber reden nächste Woche."

Ein durchtrainierter Mann trat hinzu und begrüßte Iris und sie stellte ihn Maschke vor.

„Das ist Bernhard. Er vermietet Jetskis und so weiter." Das interessierte Arved Maschke, der früher aktiv Motorbootrennen gefahren war und er lud die Beiden auf ein Bier ein, aber Iris musste zurück auf ihr Boot. Bernhard Semmler blieb und noch am selben Tag bekam Maschke seine erste Einweisung auf dem superschnellen Jetski. Der geliehene Neopren-Anzug kniff und Semmler versprach Arved, einen passenden zu besorgen. Arved Maschke verlor sofort sein Herz an diesen Sport und Semmler hatte einen neuen Stammkunden.

Sie hatten es sich auf dem Teppich in Ellens kleinem Wohnzimmer bequem gemacht. Als Micha erschien, hatte Ellen schon mit dem Staubsauger die gröbsten Sedimente von den Dokumenten entfernt, aber auch so blieb noch genug alter Staub, der einen feinen Dunstfilm im Zimmer erzeugte   „Die hat vielleicht seit Jahrhunderten niemand mehr in Händen gehabt", sagte Micha andächtig.   Ellen brummte nur „Hmm" und nahm einen Schluck Weißwein, um den trockenen Mund zu befeuchten. Micha beugte sich sofort zu ihr hinüber und küsste sie und sie erwiderte die Zärtlichkeit bevor sie ihn sanft zurückschob.   „Erst die Arbeit...", sagte sie und drückte ihm die nächste Rolle in die Hand. Micha seufzte und löste vorsichtig die Kordel, die das Papier zusammen hielt.   Bei den ersten Dokumenten war es ihnen beiden schwer gefallen, die altertümlichen Buchstaben zu entziffern und auch jetzt noch waren sie nicht in der Lage mehr als sinngemäß zu erfassen, was dort geschrieben stand. „Hier schau mal", sagte Micha dann plötzlich. „Hier steht etwas über eine Madonna, glaube ich."   Er hielt das Dokument hoch, welches er gerade las und Ellen beugte sich herüber.   „Du hast recht", meinte Ellen aber auch sie konnte den Text nicht eindeutig interpretieren.   „Wir brauchen jemanden, der das lesen kann und die Zusammenhänge jener Zeit kennt", sagte Micha.   „Herr Sander!" rief Ellen. „Mein alter Geschichtslehrer. Der hat uns damals mit diesem Zeug bombardiert. Er hat mehrere Bücher über Lübecker Geschichte geschrieben. Mal sehen, ob`s den noch gibt."

Sie sprang auf und durchwühlte ihre Flurkommode bis sie das lokale Telefonbuch gefunden hatte. „Hier, das muss er sein. Oberstudienrat i.R. Hans Sander."

Sie nahm den Hörer ab und wählte, während Micha aufstand und die Weinflasche aus dem Kühlschrank holte. Er füllte die Gläser nach und brachte Ellen ihres, die ihn dankbar anlächelte. Dann veränderte sich ihr Gesichtausdruck, denn am anderen Ende der Leitung war abgenommen worden. „Herr Sander? Hallo?" Sanders Stimme klang zittrig und Ellen vergegenwärtigte sich, dass ihr ehemaliger Lehrer nun über achtzig sein musste. „Können Sie mich verstehen? Oh ja... Also... Ich bin eine ehemalige Schülerin von Ihnen..." Sie stellte sich vor, aber Sander konnte sich wohl nicht erinnern, dennoch brachte Ellen ihr Anliegen vor und Micha lächelte und trank einen Schluck während er sie bei ihrem gestenreichen Telefonat beobachtete, das sie wohl wegen der Schwerhörigkeit ihres Gesprächspartners ziemlich laut führen musste. Dann schrieb sie etwas auf.

„Ja, danke Herr Sander. Dann bis morgen. Einen schönen Abend." Sie legte auf und sah Micha triumphierend an. „Ich besuche ihn morgen Vormittag."

„Na dann können wir ja jetzt zum gemütlichen Teil übergehen", sagte Micha erleichtert, aber Ellen stupste ihn leicht. „Nix da, vielleicht ist da noch was Wichtiges in der Post." „Bin schon ganz verspannt. Hier fühl mal", klagte Micha und drehte ihr seinen Rücken zu.

„Ist nichts für alte Männer auf dem Teppich zu hocken..." Sie küsste ihn. „Wenn wir durch sind massiere ich Dich und dann wollen wir doch mal sehen, ob es da nicht noch andere Dinge gibt, für die so ein Teppich gut ist", gurrte Ellen und Micha seufzte und nahm das nächste Dokument in Angriff.

Hans Sander wohnte in einem Seniorenheim in Lübeck-Moisling, in das er nach dem Tod seiner Frau vor nun zehn Jahren eingezogen war. Ellen war sofort nach dem Betreten des Gebäudes aufgefallen, das es fast wie in einem Krankenhaus roch. Die düstere ehemalige Villa war gepflegt, aber die Atmosphäre behagte ihr ganz und gar nicht. In der Vorhalle saßen ein paar alte Leute auf den Ledersesseln und starrten vor sich hin, andere schlurften hinter ihren Rollatoren durch den Flur. Ellen sah sich suchend um und trat dann an eine Art Rezeption hinter der eine Pflegerin in einem Stapel Papiere wühlte. „Guten Morgen. Ich suche Herrn Sander", sagte Ellen und die Frau sah auf. „Sander? Erster Stock. Dritte Tür links. Namen stehen an der Tür", antwortete die Pflegerin gehetzt. Ellen bedankte sich und stand bald darauf vor Hans Sander, der auf ihr Klopfen die Tür zu seinem recht großen, aber mit Möbeln und Regalen voll gestellten Zimmer geöffnet hatte.

100

Eine halbe Stunde später rutschte Ellen unruhig auf dem Stuhl, den ihr alter Lehrer ihr angewiesen hatte, hin und her. Hans Sander war vollkommen in seiner Aufgabe versunken. Immer wieder stieß er Laute der Überraschung und auch seiner Anstrengung hervor und Ellen begann sich Sorgen zu machen, ob sie den alten Herren vielleicht überforderte.

„Ein wundervolles Beispiel für die Durchtriebenheit und Unmoral der damaligen Zeit!" keuchte Sander dann. „Was steht denn nun in dem Dokument?" fragte Ellen ungeduldig. Sander nahm einen Schluck Mineralwasser.

„Dieser Geswein hat laut diesem Dokument eine wertvolle Statue an die Marienkirche, die damals kurz vor ihrer Einweihung stand gespendet, um von seinen Sünden frei gesprochen zu werden. Das war damals so Brauch. Hab ich ihnen ja hoffentlich damals auch vermittelt Fräulein Mücke", sagte er. Mücke war Ellens Mädchenname und es kam ihr komisch vor, so angeredet zu werden, aber für Herrn Sander war sie nun mal Frl. Mücke.

„Hier steht aber auch, dass er, sollte es ihm nicht gelingen die „Madonna von Padua" zu beschaffen, eine Geldsumme spenden will…"

„Also hatte er die Figur gar nicht, als er sie der Kirche versprach", schlussfolgerte Ellen. Sander brummte und las die nächsten Dokumente. „Hier", sagte er dann aufgeregt. „Hier haben wir die Antwort. Er hat einem gewissen Pater Theobald einhundert Lübsche Doppeladler übergeben, weil er die Madonna nicht beschaffen konnte. Das hier ist ein Ablassbrief."

Ellen war froh, als sie nach fast drei Stunden das Seniorenheim verlassen konnte. Sander schien sich dort recht wohl zu fühlen, aber Ellen konnte die Beklemmung, die das düstere Haus bei ihr verursachte nicht abstreifen. Immerhin hatte sie ihren Auftrag erledigt, wie sie dachte, stieg in ihren Polo und fuhr direkt in die Zentrale der „Seaguard-Versicherung", um Drewitz das Ergebnis ihrer Recherche mitzuteilen. Hoffentlich war ihr nächster Fall etwas interessanter und lukrativer, denn hierfür würde es sicher keine Prämie geben.

„Also gehört diese sagenhafte Madonna mir, wenn sie tatsächlich auftaucht", sagte Mirja Geswein aufgeregt, als Manuel Drewitz ihr später im Cafe gegenüber saß. Er nickte, denn er hatte sich gerade ein großes Stück Marzipantorte in den Mund geschoben.

„Vorausgesetzt..." Er verschluckte sich und musste erstmal einen Schluck Kaffee trinken. „Vorausgesetzt, ihr Vorfahre ist seinerzeit legal in ihren Besitz gelangt. Aber das ist rein theoretisch. Wo kein Kläger ist...Wir wissen ja nicht mal, ob diese Statue wirklich existiert und wer sie zurzeit in Besitz hat.   „Ja, aber sie gehört doch diesem Dokument nach mir", beharrte Mirja.   „Sie wurde von unserem Schiff gestohlen und die Kirche hat stattdessen Geld erhalten."

Drewitz nickte. „Das ist wohl so, aber..."

„Diese Frau Hamann", sagte Mirja. „Kann die nicht herausfinden, wo die Madonna ist? Die schien mir recht kompetent und das hier", sie wies auf die Dokumente „hat sie doch auch schnell heraus gefunden."

Drewitz wand sich. „Bisher habe ich das über die Versicherung laufen lassen. Das geht aber nicht mehr. Wenn die Hamann raus findet, um was es wirklich geht... Ich meine, ich mag sie nicht, aber blöd ist die nicht. Das kann mich meinen Job kosten, wenn sie anschließend zu meinem Vorgesetzten geht. Aber sie ist bei uns nur freie Mitarbeiterin. Du kannst sie privat engagieren."   „Ist das teuer?" fragte Frau Geswein misstrauisch und Drewitz zuckte die Schultern.   „Viel verdient die nicht bei uns. Die ist vielleicht ganz froh über einen kleinen Nebenjob. Pass auf, ich geb Dir ihre Telefonnummer. Muss jetzt aber wieder an die Arbeit."   Er stand auf und kramte eine seiner Visitenkarten und einen Kugelschreiber aus seiner Innentasche. Beim Aufschreiben stockte er, denn er konnte sich nicht genau an Ellens Nummer erinnern. „Ich ruf Dich nachher an. Fällt mir jetzt nicht ein, die Nummer. Er wandte sich zum Gehen, drehte sich aber noch mal um. „Vergiss nicht, dass ich beteiligt bin an dieser Sache. Ohne mich hättest Du diese Dokumente nicht!"   „Schon Okay", sagte Mirja. Sie hatte Zutrauen zu dieser Frau Hamann. Wenn das klappte... Im Geiste begann sie das Cafe um die Zimmer im ersten Stock zu erweitern.

Sebastian Vogler sah sich um und nickte. Die elegant gekleidete Maklerin hatte genau das gefunden, was er sich vorgestellt hatte. Die Drei Zimmer Wohnung in Timmendorf war nicht billig, aber sie war traumhaft. So hatte er sich das immer vorgestellt. Helle Möbel, ein großer Balkon und all seine Lieblings-Kneipen gleich um die Ecke. Nur ein Katzensprung bis ins Nautic.

„Ich nehm sie. Wann kann ich einziehen?" Die Maklerin lächelte. „Wenn sie mir die Kaution und meine Courtage, sowie die erste Miete überwiesen haben, machen wir die Übergabe."

„Abgemacht!" sagte Vogler, der der Maklerin trotz seiner teuren Kleidung unsympathisch war. Irgendetwas in seinen Augen... Sie konnte es nicht erklären, aber ihr Gefühl hatte sie bisher noch nie getrogen. Immerhin war es schwierig gewesen, diese Wohnung los zu werden. Selbst für Timmendorfer Verhältnisse war sie überteuert, aber die Eigentümer wollten nicht mit der Miete herunter gehen und so hatte sie jemanden wie Vogler finden müssen. Na ja, das war ihr Job und nun hatte sie ihre fette Provision verdient.

Sebastian Vogler gönnte sich erstmal ein Bier auf der Dachterrasse des Nautic. Was Marion wohl sagen würde... Er nahm sein Handy heraus und wählte Maschkes Nummer. „Hallo Chef", sagte er als der sich meldete. „Ich brauch mein Geld." Er hörte zu als Maschke ihm erklärte, dass sich der Verkauf der Madonna noch hinziehen würde.

„Jetzt hör mir mal genau zu…“, sagte Vogler dann. „Ist mir vollkommen egal, was Deine Kumpel von der Balten-Gang so machen. Hab auch meine Freunde. Brauch bis morgen Zehntausend, Klar?“ Er beendete das Gespräch und steckte befriedigt sein Handy ein. Maschke würde schon spuren! Morgen bekam er erstmal die Zehntausend und dann konnte er hier einziehen und das elende Loch in Neustadt war Vergangenheit.

Eine aufregende Rothaarige am Nebentisch lächelte ihm zu und nahm seine Einladung sich zu ihm zu setzen an und Vogler beschloss spontan, dass auch Marion Vergangenheit war.

Arved Maschke fluchte. Das Gespräch mit Vogler regte ihn auf. Der Bursche lief gerade komplett aus dem Ruder. Die Drohung mit der erfundenen Connection zur Balten-Gang verfing auch nicht mehr. Arved Maschke versuchte sich zu strecken, aber der enge Neoprenanzug vereitelte das. „Kommst Du?“ rief Semmler, der Maschke seine nächste Lektion auf dem Jetski geben wollte. „Jaja“, knurrte Maschke, schaltete das Handy aus und steckte es in seine Jacke, auf die Semmlers Angestellte achten würde. Semmler stand bis zu den Knien im Wasser, das Maschke heute recht kalt vorkam. Immerhin waren ziemlich viele Leute im Wasser. Oben auf der Seebrücke lehnte sich ein Paar an die Brüstung und sah zu, wie Bernhard Semmler Maschke noch einmal alles erklärte.

„Hier muss der Clip rein", sagte Semmler und zeigte Maschke, wie er den Kunststoffring, der mit einem flexiblen Band und einer Manschette an dessen Handgelenk befestigt war in das Gegenstück am Lenker klicken musste.

„Wenn Du runter fällst, reißt Du automatisch das Teil da raus, und der Motor geht aus, damit die Maschine nicht abhaut", erklärte Semmler noch mal und Maschke nickte. „Noch Fragen?" meinte Semmler und Maschke schüttelte den Kopf. Zum ersten Mal stieg Maschke vorn auf und ließ mit einem Knopfdruck den Motor an. Er fühlte das Vibrieren unter sich und vergaß für den Moment Vogler und alles andere. Sein Herz klopfte. Semmler schwang sich hinter ihn auf das Wassermotorrad und Maschke gab vorsichtig Gas. Langsam nahm der Jetski Fahrt auf und Maschke achtete angestrengt auf das Wasser vor ihm, um ja keinen Schwimmer zu gefährden.

„Guck dir diesen alten Gockel an", sagte Micha zu Ellen, die neben ihm am Geländer lehnte. „Als alter Segler lehne ich diese Dinger total ab. Machen nur Krach und gefährden die anderen Wassersportler." Ellen sah ihn spöttisch aus den Augenwinkeln an. „Ich stell mir gerade vor, wie Du wohl in so einem engen Neopren aussehen würdest…" Sie kicherte und Micha gab ihr scherzhaft einen Klaps auf den Po.

Endlich waren sie weit genug vom Ufer entfernt und Semmler rief „Los!" Das ließ sich Arved Maschke nicht zweimal sagen und drehte auf. Laut brüllte der Motor auf und Maschke spürte, dass Semmler sich an ihn klammerte. Er lachte in den Fahrtwind. Der Jetski klatschte wild in jede Welle und Maschke spürte das bis ins Rückenmark. „Kann nicht gesund sein", dachte er, ignorierte diesen Gedanken aber sofort wieder. Ein anderer Jetski näherte sich und bald waren sie in ein wildes Rennen verwickelt, das Maschke genoss, wie nichts seit langem.

Eine Stunde später saß er mit klarem Kopf und ein wenig unterkühlt vor einem heißen Kaffee im Cafe Wichtig und beschloss, Vogler zu töten.

Mirja Gesweins Anruf überraschte Ellen. Bei den Worten „Herr Drewitz hat sie mir empfohlen…", krauste sich ihre Stirn, aber sie freute sich über den unverhofften Auftrag und versprach noch am Nachmittag ins Cafe zu kommen.

Mirja begrüßte sie herzlich und da es im Moment nichts zu tun gab, setzte sie sich gleich zu Ellen. „Was genau kann ich für sie tun?" fragte Ellen, die bisher ja nur von der Dokumentensuche her von dem Interesse Frau Gesweins an der Madonna wusste.

„Das ist so…", antwortete Mirja und berichtete Ellen von dem Besuch Taraus, der fest davon überzeugt war, dass ein gewisser Maschke in den Besitz der silbernen Madonna gelangt war. Auch das sich plötzlich das

Stadtarchiv in Gestalt von Frau Kolese für den Nachlass ihrer Vorfahren interessierte bestärkte Mirja in ihrer Vermutung.

„Sie haben durch ihre Arbeit ja bereits praktisch nachgewiesen, dass ich die rechtmäßige Eigentümerin dieser Statue bin und ich möchte sie gern damit beauftragen, sie für mich zu beschaffen, sollte dieser Maschke oder wer sonst immer sie haben." Ellen dachte nach. Sie hatte die Zeit und sonst nichts zu tun…

„In Ordnung, Frau Geswein, aber ich kann Ihnen keine Erfolgsgarantie geben." Frau Geswein nickte eifrig und streckte Ellen die Hand entgegen. Abgemacht." Dann sagte sie etwas unsicher „Was… was nehmen sie denn so? Ich meine, im Moment wirft das Cafe nicht viel ab." Ellen dachte nach. „Tausend Euro Anzahlung werde ich wohl brauchen und dann…" Sie dachte daran, dass Herr Sander ihr gesagt hatte, dass diese ominöse Madonna sicher mehr als eine Million wert wäre. „Fünf Prozent vom Wert der Figur?" Für Mirja war das ein mehr theoretischer Wert und sie sagte zu.

„OK, ich mach einen Vertrag fertig und bring ihn dann zum Unterschreiben vorbei." „Viel Erfolg bei ihrer Arbeit", wünschte Mirja Ellen beim Abschied und meinte das aus vollem Herzen.

Ellen entschied sich dafür, bei Diakon Tarau anzufangen, der aufs höchste alarmiert wurde, als Ellen ihn vom Zweck ihres Besuches unterrichtete. Er begann sofort zu mauern.

„Nein, leider habe ich keine Nummer von diesem Herrn Maschke. Und selbst wenn… Die

Madonna gehört der Kirche!" „Sie haben dafür doch sicher einen Beweis?" fragte Ellen und Tarau nickte. „Ein unanfechtbares Dokument, gesiegelt und unterzeichnet von dem Patrizier Baltasar Melchior Geswein", sagte er triumphierend. Ellen stand auf. „Meine Mandantin ist anderer Ansicht", und verschwieg Tarau, dass sie ebenfalls eine Kopie dieses Dokuments hatte. „Trotzdem sollten wir bis zu dem Punkt, an dem die Madonna wieder auftaucht, zusammenarbeiten."

Tarau stand auf und erklärte damit den Besuch für beendet. „Ich glaube nicht", sagte er kühl und Ellen zuckte die Achseln und ging.

Nachdem sie fort war eilte Tarau in sein Archiv und holte das Dokument aus dem Tresor. Bisher hatte es sehr gut für die Kirche ausgesehen, aber je länger er das zerstörte Siegel und die verwischten letzten Zeilen ansah... Ob das einem Gericht reichen würde? Inzwischen hatte er doch noch ein anderes Pergament mit der kompletten Signatur Gesweins gefunden und er überlegte.

Arved Maschke wartete vor dem Alten Rathaus in Timmendorf auf Vogler. Es nieselte leicht an diesem Vormittag und er stellte sich unter das Vordach, musste dann aber beiseite treten, weil eine Hochzeitsgesellschaft an ihm vorbei strömte. Im Dachgeschoss des malerischen Gebäudes lag das Trauzimmer und Maschke grinste schief und ein bisschen traurig, als er beim Anblick der Braut an seine eigenen gescheiterten Versuche in dieser Richtung erinnert wurde.

Er hätte Vogler fast nicht erkannt. Er hätte in seiner Aufmachung auch zu der Hochzeitsgesellschaft gehören können. Die Haare frisch geschnitten, neue teure Kleidung von der Armani-Sonnenbrille bis zu den italienischen Schuhen, frische Sonnenbräune im Gesicht... Und doch, die stechenden Augen waren die gleichen geblieben.

„Hallo Herr Maschke", sagte Vogler betont lässig und streckte die Hand aus, die Arved Maschke aber übersah. Vogler grinste und zog sie zurück. „Haben sie das Geld?" fragte er und Maschke sah ihn zornig an.

„Wenn Du meinst, Du kannst mich erpressen...", entgegnete Maschke. „Wir haben das zusammen gemacht. Schon vergessen? Und wir hatten eine Abmachung. Ich kümmere mich um den Verkauf der Madonna! Erst dann gibt es deinen Anteil." Vogler sah ihn irritiert an. Er hatte fest damit gerechnet, dass Maschke ihm das Geld geben würde. In einer Stunde wollte er sich mit der Maklerin treffen, um die Schlüssel zu seiner neuen Wohnung in Empfang zu nehmen...

„Hej, ich muss leben.", sagte Vogler etwas kleinlaut, was Maschke befriedigt zu Kenntnis nahm. „Sollt Du auch, aber nicht auf so einem auffällig großen Fuß von Heute auf Morgen. Das fällt doch auf!" Vogler sah ihn trotzig an und Maschke beschloss, sich nicht länger mit ihm abzugeben. Er hatte ohnehin seine Pläne mit ihm.

„Ist bald soweit mit dem Verkauf. Meller kümmert sich gerade um die Papiere. Also, hier sind noch mal Zehntausend. Mehr gibt's erst, wenn alles gelaufen ist. Verstanden?"

Er gab Vogler einen Umschlag, den der schnell in seiner Jackentasche verschwinden ließ. „OK, Chef", sagte Vogler erleichtert. Er wollte Maschke noch stolz von seiner neuen Wohnung berichten, aber der hatte sich schon umgedreht und ging die Stufen hinab und um den Springbrunnen herum zum Cafe Fitz.

Meller wartete schon auf Maschke. Er hatte gesehen, wie sich Maschke mit Vogler traf und staunte einmal mehr darüber, wie sich der schmierige Vogler in so kurzer Zeit verändert hatte. Er selbst trug immer noch den gleichen alten Geschäftsanzug. All das Geld, das er bisher für die Münzen und die anderen Wertgegenstände erhalten hatte waren für die Begleichung von Verbindlichkeiten draufgegangen. Frau Schmetz von der Bank war entzückt, aber Meller hätte auch sehr gern einen neuen Wagen gehabt. Na, bald würde es soweit sein. Maschke setzte sich geräuschvoll und bestellte bei der gerade vorübergehenden Bedienung ein Bier.

„Moin Meller. Hab dem Vogler mal ein bisschen Zurückhaltung empfohlen. Und? Hast Du was rausgekriegt über die Figur?" „Moin Arved. Ja, ich war im Stadtarchiv Lübeck. Die Chefin da wurde ganz aufgeregt, als ich sie fragte, ob sie schon mal was von dieser

Madonna gehört hätte. Irgendwie ist dieser Tarau völlig aus dem Häuschen deswegen und…"

Er zog einige Papiere aus seiner Tasche. „Also, dieser Tarau hat nachgeforscht, nachdem du mit ihm gesprochen hast. Er hat wohl ein Dokument gefunden, das besagt, dass diese Figur der Kirche gehört. Es gibt aber noch einen Nachkommen eines alten Handelshauses, eine Frau Geswein, die auch glaubt, Anrechte auf die Madonna zu haben."

Maschke hatte stumm zugehört. Dann nickte er. „Dann ist es auf jeden Fall besser, wenn ich die Madonna auf dem schwarzen Markt verkaufe. Bringt zwar nicht so viel, aber ist sicherer." Meller nickte zustimmend. „Hoffentlich hält dieser Eisler auch dicht. Hast Du mal wieder von ihm gehört?", fragte er Maschke. Der schüttelte den Kopf. „Glaub nicht, dass der noch mal was sagt", antwortete er. „Der hat sich sicher ein schönes Plätzchen im Schatten gesucht!" und dachte an die Buche unter der der alte Mann und seine Freundin lagen.

Später am Nachmittag fuhr Arved Maschke nach Schürsdorf. Die alte Scheune lag verlassen da und es hatte sich auch niemand an der Tür zu schaffen gemacht. Maschke dachte daran, die Madonna an einen anderen Ort zu bringen, denn wenn Vogler auf die Idee käme…

Er verwarf den Gedanken aber wieder, denn Vogler wusste sehr wohl, dass er ihn in der Hand hatte, was leider auch umgekehrt galt. Fürs Erste beruhigt fuhr er dann nach Lübeck zurück. Er würde jetzt eine Internetpräsentation erstellen und das Kunstwerk möglichen „sicheren" und verschwiegenen Interessenten anbieten.

Ellen war ein bisschen frustriert der groben Abfuhr wegen, die sie von dem Diakon erhalten hatte. Ihr nächster Weg führte sie fast zwangsläufig zu Frau Kolese, deren Neugier immer größer wurde. Gestern erst dieser Antiquitätenhändler Meller und nun eine richtige Detektivin, die sich für die sagenhafte silberne Madonna interessierte. Sollte es sie tatsächlich geben? Tarau war ja felsenfest davon überzeugt.

„Ich kann Ihnen leider nicht viel dazu sagen", beschied sie Ellen, an die sie sich sofort aus dem Cafe erinnert hatte. „Aber gestern war ein Mann hier, der sich ebenfalls für die Vorgeschichte dieser Statue interessierte. Ich gebe Ihnen seine Nummer... Warten sie, wo hab ich denn..."

Sie kramte auf ihrem Schreibtisch herum „Ah hier, Meller heißt er. Wohnt in Neustadt."

Sie reichte Ellen die Visitenkarte herüber, die sie dankbar annahm. „Trotzdem vielen Dank für ihre Hilfe", sagte Ellen und ging. Die Sonne schien und sie fuhr direkt nach Neustadt, wo sie ihren Polo in der Nähe der Polizeiwache auf dem kostenfreien Parkplatz abstellte. Sie schlenderte über die alte Brücke und sah rechts den Hafen, wo ein paar malerische alte Segelschiffe an der Kaimauer lagen. Spontan überquerte sie die Straße und sah sie sich aus der Nähe an. Einer der Seeleute lächelte sie an und lud sie ein an Bord zu kommen, aber sie lehnte dankend ab, woraufhin er „Schade...", sagte und das schmeichelte ihr.

Sie ging weiter und stand dann vor Klüvers Brauhaus. Fast alle Außentische waren besetzt und sie verspürte plötzlich Appetit, als sie die leckeren Fischgerichte auf den Tellern sah. Als sie einen leeren Tisch entdeckte, nahm sie Platz und hatte bald eine Platte mit Grünen Heringen und Bratkartoffeln und ein frisches obergäriges Hausbier vor sich. So gestärkt suchte sie die Adresse auf, die auf Mellers Visitenkarte angegeben war. Frau Alvermann fragte sie nach ihren Wünschen und holte dann ihren Chef, als Ellen nach ihm fragte. „Sie wünschen?" fragte er. „Sie haben sich im Lübecker Stadtarchiv für eine Statue interessiert…", antwortete Ellen, die bemerkte, dass sich Mellers Augen bei ihren Worten weiteten. „Und was…, was haben Sie damit zu tun?" fragte er zurück. „Ich bin von der Eigentümerin mit ihrer Wiederbeschaffung beauftragt", sagte Ellen bewusst direkt.

„Eigentümerin… ich verstehe nicht", murmelte Meller. „Dieser Tarau von der Kirche behauptet, sie sei im Besitz der Kirche." Ellen lächelte. „Wir haben das geprüft. Die Madonna gehört unzweifelhaft der Erbin des Hauses Geswein, die ich vertrete." Meller musste erstmal überlegen. Sollte er Maschke anrufen oder konnte er es wagen mit dieser Frau zu reden und vielleicht etwas Neues zu erfahren?

„Einen Kaffee?" bot er an und Ellen nickte. „Ja gern, was haben Sie eigentlich für eine Verbindung zu dieser silbernen Madonna, wenn ich fragen darf?" meinte Ellen und Meller führte sie ins Hinterzimmer. Frau Alvermann werkelte an der Pantry herum und spitzte die Ohren, denn

114

einiges von dem was hier geschah, kam ihr langsam nicht mehr geheuer vor.

„Danke Frau Alvermann, ich möchte unter vier Augen mit der Dame reden", sagte Meller und sie zog einen Flunsch und verließ den Raum.

„Milch... Zucker?", fragte er Ellen und sie sagte „Etwas Milch bitte." Sorgfältig balancierend brachte er die dampfenden Tassen zum Tisch. „Ja, was habe ich damit zu tun...", sagte er dann zögernd, denn er war sich immer noch nicht sicher, was er eigentlich preisgeben durfte. Andererseits, diese Frau konnte ihm vielleicht weiterhelfen, und wenn es wirklich einen Anspruch dieser Frau Geswein gab... Wenn man sich einigen könnte, wäre der Verkauf legal. Maschke und er wären beteiligt und bräuchten sich nicht vor irgendwelchen Ermittlungen seitens Finanzamt oder Polizei fürchten. Zumindest er tat das.

„Frau Hamann, ich, beziehungsweise ein Freund von mir, haben diese Figur gefunden."

Ellen stellte die Tasse klirrend ab. Das war ja einfach gewesen.

„Job erledigt!" freute sie sich. „Sie müssen die Madonna sofort an meine Mandantin herausgeben", forderte sie. Meller hob abwehrend die Hände. „Nein nein. Mein Freund hat da eigene Vorstellungen, aber vielleicht... wir könnten eine geschäftliche Vereinbarung treffen und den Verkauf für ihre Mandantin übernehmen. Natürlich steht uns ja sowieso eine Art... Finderlohn zu." Ellen nickte langsam.

„Möglicherweise ist das so. Was sollte mich hindern, jetzt zur Polizei zu gehen und sie wegen Unterschlagung anzuzeigen?" Meller sprang erschrocken auf.

„Ich habe nichts damit zu tun!" rief er. „Ich habe eigentlich nur den Kontakt zwischen meinem Freund und dem alten Mann..."; er verstummte, erschrocken darüber was ihm da herausgerutscht war. Ellen hakte sofort nach.

„Also haben sie gar nicht selber die Madonna gefunden? Wer war es denn?" Meller ging zur Tür. „Ich habe jetzt zu tun", beendete er das Gespräch, dem er sich nun nicht mehr gewachsen fühlte. „Ich werde meinem Freund von unserer Unterredung berichten." Ellen seufzte und stand auf.

„Ich werde ebenfalls meiner Mandantin berichten und ihren Vorschlag unterbreiten. Guten Tag Herr Meller. Ich komme wieder auf sie zu."

Sie warf Meller ihren kühlen „Ich hab Dich..." Blick zu, legte ihre Visitenkarte auf den Tisch und verließ den Laden.

Diakon Tarau hatte so etwas noch nie gemacht. Anscheinend hatte er aber Talent, denn das Siegel auf dem Probepapier sah dem Original ziemlich ähnlich. Das Wachs war noch etwas feucht und nun streute er sehr vorsichtig etwas Asche aus dem Kamin darüber und verrieb es mit dem Zeigefinger. Tatsächlich... Nun sah es aus, als wenn es hunderte von Jahren alt wäre. Sollte er es wagen?

Kurz entschlossen nahm er das Originaldokument und riss vorsichtig das Stück, an dem das beschädigte Siegel hing, ab. Es tat ihm in der Seele weh, das zu tun, aber... was blieb ihm übrig? Er holte noch eine Stehlampe heran, um besser sehen zu können, dann erwärmte er über der Kerze die Stange mit dem Siegelwachs.

„Die einfachsten Mittel sind tatsächlich die Besten", dachte er und nahm die halbe Kartoffel, mit der er von dem anderen intakten Dokument einen Abdruck genommen und dann ausgeschnitten hatte. Seine Finger zitterten etwas und er wartete, bis sie sich beruhigt hatten. Nichts durfte jetzt schief gehen. Langsam schmierte er einen kreisförmigen Fleck des geschmolzenen Wachses auf die Unterkante des Originals und drückte dann den Kartoffelstempel hinein. Etwas von der Asche... Ja, es sah aus, wie das Original.

Tarau gönnte sich einen Schluck Merlot. Nicht einen Moment kam ihm in den Sinn, dass er eine Straftat beging, weil er es ja für die Kirche tat. Gut das sich unter den vielen Utensilien vergangener Zeiten auch eine Schreibfeder befand und Tinte. Die Signatur Gesweins war leicht zu imitieren. Nach fünf Proben getraute sich der Diakon, sie neben das Siegel zu setzen und...

Niemand konnte jetzt der Kirche noch ihren Anspruch streitig machen. Auch diese Frau Geswein nicht.

Arved Maschke war überrascht. Schon zwei Stunden nachdem er seinen zehn favorisierten Kunden die Beschreibung und die eher undeutlichen Fotos der Madonna, die er vor dem Vergraben in der Scheune gemacht hatte zugemailt hatte, gab es mehrere Angebote. Seiko Haruno bot unbesehen eine Million! John Sledge schrieb, dass er sie sehen wolle, aber wenn sie echt wäre, fast jeden Preis zahlen würde. Senor Altman aus Chile hatte auch Interesse...

Das schien ja bestens zu klappen. Der Transport dieser großen Figur würde schwierig werden, aber ihm würde schon etwas einfallen. „Gott segne die Container!", dachte er und grinste.

„Ich muss ja sowieso einen Agenten oder Kunsthändler einschalten", sagte Mirja Geswein. Sie saß mit Ellen an einem Fenstertisch ihres Cafes. Ellen hatte ihr von dem Vorschlag Mellers berichtet. Sie war ganz aufgewühlt, denn die eher ungefähre Hoffnung auf Wohlstand schien nun Realität zu werden. Ellen nickte. „Wenn sie wünschen stelle ich den Kontakt zu diesem Kunsthändler und seinem Partner her. Ich glaube auch, dass man für so einen Verkauf Erfahrung braucht." Frau Geswein nickte. „Erst mal tausend Dank für ihre gute und schnelle Arbeit. Einen Prosecco?" Ellen schüttelte den Kopf. „Danke, ich muss noch fahren. Ich melde mich, wenn ich ein Treffen mit den Leuten arrangiert habe."

Mirja stand auf, um Ellen zu verabschieden und sah ihr aus dem Fenster nach. Dann ging sie zum Telefon und wählte. „Manuel?" fragte sie, als sich ihr Gesprächspartner meldete. „Deine Kollegin ist super!" rief sie in den Hörer, was Drewitz das Gesicht verziehen ließ. Sie erzählte ihm, was Ellen ihr soeben berichtet hatte. „Wenn ich mich mit den Findern treffe…, ich meine… kannst Du dann dabei sein? Wer weiß, was das für Leute sind und Du kennst Dich in Geschäften besser aus."

Drewitz versprach am Abend vorbei zu kommen. Dann würden sie alles besprechen.

Der Probst war beeindruckt. Ehrfürchtig hielt er das Dokument in Händen, das Tarau angeblich letzte Nacht gefunden hatte. „Und es gibt sie wirklich?" fragte er. Tarau nickte.

„Ich bin sicher, dass dieser Maschke sie hat."

Der Probst nickte langsam. „Wie gehen wir jetzt vor?" Tarau legte die Hände zusammen. „Wir schicken Maschke über unseren Anwalt eine Aufforderung zur Herausgabe. Er wird vermutlich Finderlohn fordern, aber das kann der Anwalt mit ihm verhandeln." Dann begann er dem Probst sein Projekt darzulegen, das er sich in mittlerweile einigen schlaflosen Nächten ausgedacht hatte. „Wir werden ein großes Fest zur Heimkehr der Madonna veranstalten. Es müssen Einladungen an alle kirchlichen Würdenträger Deutschlands herausgehen und die Spitzen der Politik sollten wir auch einladen. Dann natürlich ein paar bedeutende Künstler. Ich denke da an ein Orgelkonzert und ein Requiem mit Solisten der Oper und unserem Chor..."

Tarau war so voller Begeisterung, dass der Probst unwillkürlich angesteckt wurde. Natürlich würde seine Unterschrift unter den Einladungen prangen, also war das nun sein Verdienst! Er überlegte. Nächstes Jahr standen Bischofswahlen an... Nichts war nun mehr unmöglich. Er nickte.

„Gute Arbeit, Tarau. Gehen sie bitte gleich persönlich in die Kanzlei und veranlassen sie das weitere. Ich habe nun zu arbeiten." Tarau verabschiedete sich, und der Probst ging zu seinem Kabinett und schenkte sich ein großes Glas Cognac ein. Dann nahm er in seinem Ohrensessel Platz und träumte von der Bischofsweihe.

Die Touristen auf der Nordermole sahen sie zuerst. Die cremefarbene Yacht glich eher einem kleinen Kreuzfahrtschiff. Der scharf geschwungene Bug durchfurchte das Wasser der Trave und kam näher. Weit draußen schon hatte die „Strela" kurz gestoppt und einen Lotsen an Bord genommen. Ein, in eine blendendweiße Uniform gekleideter Matrose, hatte ihn auf die ultramoderne Brücke geführt, die eher einem Operationsraum glich. Nur Monitore und Digitalanzeigen... Der Lotse war Seemann alter Schule und das hier... Aber er verzog keine Miene und ließ sich vom Kapitän begrüßen. Auch er in einer makellosen Uniform, was den Lotsen etwas versöhnte.

„Also gut Kapitän. Lassen sie Fahrt aufnehmen. Ihr Liegeplatz ist bereit." Kapitän Igor Larkin lächelte. „Ein paar Minuten noch bitte Herr...", sagte der russische Kapitän in bestem Deutsch. Er sah auf das Namensschild des Lotsen. „Herr Meichsner. Mein Chef, der Eigner der „Strela" befindet sich im Anflug. Ich glaube es ist besser, wenn der Hubschrauber hier draußen landet." „Hubschrauber?" fragte Meichsner überrascht. „Davon hat mir keiner was gesagt. Moment bitte. Darf ich ihr Funkgerät benutzen?" „Bitte", sagte Larkin und deutete auf den Hörer des Gerätes, dessen Display bereits die Frequenz der Verkehrsleitstelle Travemünde zeigte. Meichsner sprach mit seinem Kollegen an Land und legte dann auf. „Wenn es länger als fünfzehn Minuten dauert, müssen sie die Fahrrinne räumen. Die „Nils Dacke" läuft aus."

Larkin nickte, dann drang ein schnell gesprochener russischer Funkspruch aus dem Lautsprecher und Larkin bestätigte. „Dort ist er schon", sagte er und wies auf einen kleinen dunklen Fleck über der Bucht, der schnell größer wurde. „Ich drehe in den Wind, wenn sie nichts dagegen haben", sagte Larkin und der Lotse nickte staunend. Ein paar Segelboote wichen erschrocken aus, als der scharfe Bug der großen Yacht plötzlich auf sie zu drehte, obwohl Larkin nur die Bugstrahlruder betätigt hatte. Die „Strela" drehte auf dem Teller und lag dann wieder still.

„Entschuldigen sie mich", sagte Larkin und verließ die Brücke, um seinen Chef auf dem Landedeck in Empfang zu nehmen und Meichsner trat auf die kleine Brückennock, den offenen Balkon neben der Brücke.

Auf dem hinteren Teil des Decks schwangen die Relingsegmente zur Seite um dem Piloten mehr Raum zu geben. Meichsner beobachtete den in Silber und Blau lackierten Hubschrauber der mit pfeifenden Triebwerken den Bug überflog, und eine weite Schleife um das Schiff beschrieb, um sich von hinten dem offenen Deck zu nähern.

Der Lotse erkannte den Typ, einen Eurocopter EC135, wie ihn auch die Polizei und die Rettungsdienste flogen.

Der Pilot verstand auf jeden Fall sein Handwerk, denn der Hubschrauber näherte sich stetig dem aufgemalten „H" auf dem Deck und setzte sanft auf. Sofort veränderte sich das Geräusch der Turbinen, die der Pilot abschaltete und der Rotor verlangsamte sich und stand dann still. Die Tür wurde geöffnet und ein sportlich wirkender, mittelgroßer Mann in Cashmere-Pullover und weißer Leinenhose sprang heraus. Larkin begrüßte ihn militärisch mit der Hand an der Mütze und der Mann nickte. Die Reling schwang zurück in Position und Matrosen befestigten Halterungen an den Kufen des Helicopters. Zwei Männer entluden das Gepäck und Larkin führte die Ankömmlinge unter Deck.

Kurz darauf betrat der Kapitän wieder die Brücke. „Herr Woronzow ist an Bord. Wir können einlaufen." „Beeindruckend", sagte Meichsner. „Langsame Fahrt voraus bitte." Larkin gab den Befehl weiter und die „Strela" nahm Fahrt auf.

„Sie haben das Schiff schon gut in der Hand, Kapitän", sagte der Lotse, der wusste, dass dies die erste Fahrt der Yacht war und Larkin das Schiff erst vor ein paar Tagen aus Aukrug bei Rendsburg abgeholt hatte, wo es unter großer Geheimhaltung in einer Halle gebaut worden war. Larkin grinste. „Deutsche Qualitätsarbeit! Ich war bei allen Probefahrten an Bord, aber es war die erste Helicopter Landung."

Voraus kam ihnen der massige Rumpf der „Nils Dacke" entgegen und neben diesem riesigen Fährschiff der TT-Line wirkte die „Strela" mit ihren knapp siebzig Metern nun winzig, wenn auch der Neupreis beider Schiffe in etwa gleich hoch war. Das Fährschiff grüßte mit einem tiefen Ton seines Signalhorns und Larkin ließ antworten.

Woronzow erschien auf der Brücke und begrüßte den Lotsen jovial. Er strahlte über das ganze Gesicht.

„Chabbe ich nicht ein tolle Schiff", sagte er und freute sich wie ein Kind über ein besonderes Weihnachtsgeschenk. „Hmmm", brummte

Meichsner, der sich neben dem Milliardär, denn als solcher war Woronzow bekannt, gehemmt fühlte. Woronzow ging auf die Nock und winkte den vielen Touristen auf der Vorderreihe zu, die begeistert zurückwinkten.

Sie passierten die „Passat", das Wahrzeichen Travemündes. „Schwesterschiff der „Kruzenstern", sagte Larkin. „Ich bin dort als Schiffsjunge gefahren." Meichsner nickte und sein Respekt vor dem russischen Seemann wuchs.

Dann drehte die „Strela" und näherte sich mit dosierten Schüben der Strahlruder der Kaimauer gegenüber des Ostpreußenkais und bald darauf lag die Megayacht fest verankert. Die Gangway wurde ausgebracht und Larkin brachte den Lotsen persönlich von Bord, wo er ihm zum Abschied eine Flasche Krimsekt überreichte.

Micha strich leicht über Ellens Rücken und sie erschauerte und erwachte. Sie lagen nebeneinander auf einer Decke am Strand. Die Sonne schien nun in einem flacheren Winkel und langsam packten mehr und mehr Urlauber ihre Sachen zusammen und verließen den Strand.

„Ich bin tatsächlich eingeschlafen", wunderte sich Ellen und richtete sich auf. Micha sah sie bewundernd an. Ihre Haut hatte sich sichtbar gerötet und sie runzelte die Stirn und griff nach ihrem weiten T-Shirt.

„Ich habe eine Flasche After-Sun oben", beruhigte sie Micha. „Wie spät ist es?" fragte sie und er spähte zur Sonne hinauf und sagte bestimmt „16 Uhr 34!"

Sie sah ihn zweifelnd an und grub in ihrer Tasche nach ihrem Handy, dass tatsächlich kurz nach halb Fünf anzeigte. „Toll...", sagte sie und Micha verschwieg, dass er erst kurz vor ihrem Erwachen auf die Uhr gesehen hatte.

„Ich hätte Lust auf einen Kaffee", sagte sie und streckte sich. „Ich auch. Komm wir gehen rauf", antwortete Micha und sie packten ihr Zeug zusammen. Der blonde langhaarige Strandkorbvermieter neben der Bastei grüßte und Micha wünschte ihm einen schönen Feierabend. Sie mussten einer langen Schlange, die vor Eis-Mario anstand ausweichen und küssten sich, als sie im Fahrstuhl standen, wobei sie sich extra auffällig der Überwachungskamera zuwandten. Der Hausmeister, der gerade in seinem Kabuff im Keller, saß grinste und beschloss Feierabend zu machen.

Später, nachdem Ellen ausgiebig geduscht und sich eingecremt hatte, wobei Micha sich dem Rücken und ein paar anderen „interessanten" Stellen widmete, saßen sie auf dem Balkon und genossen ihren Kaffee.

„Ich muss nachher noch mal nach Neustadt, diesen Meller aufsuchen", sagte Ellen. „Kommst Du mit? Wir könnten dann noch ein bisschen in der Stadt bummeln."

„Ich habe auch noch eine Verabredung", bedauerte Micha und als sie ging, versprach

Ellen am Abend wieder nach Scharbeutz zu kommen.

Ellen fuhr die Strandallee entlang durch Haffkrug. Zwar konnte man jetzt in der Saison nur wenig mehr als Schrittgeschwindigkeit fahren, dafür war es aber wunderschön und erholsam.

„Eigentlich hab ich es gut", dachte sie. Die betrüblichen Erlebnisse des letzten Jahres verloren sich mehr und mehr in ihrer Erinnerung und sie spürte Lebensfreude und Zuversicht. Die Sache mit der Madonna hatte ihr unverhofft eine finanzielle Perspektive eröffnet.

„Wenn der Verkauf schnell klappt, bist Du fällig, mein Freund", dachte sie laut und klopfte dem alten Polo aufs Lenkrad. Fünf Prozent von.. Wieviel? Auf jeden Fall würde es für ihren Traumwagen, ein Mini-Cabrio reichen. Micha hatte zwar abgeraten aber…

Micha - es war schön mit ihm. Trotzdem… Sie spürte dieses berühmt- berüchtigte Kribbeln nicht, wenn sie an ihn dachte.

Meller war diesmal allein im Geschäft. Er hatte Ellen erwartet und Frau Alvermann früher nach Haus geschickt.

„Wenn es ihnen recht ist, gehen wir zum Brauhaus herüber", sagte Meller, nachdem er sie begrüßt hatte. Mein Geschäftspartner kommt gleich dorthin. Er möchte bei unserem Gespräch zugegen sein." Ellen nickte.

„Natürlich, gehen wir." Meller schloss das Geschäft und schlenderte mit ihr zum Hafen hinunter. Ellen gefiel es hier. Die „Norden", eines der alten Segelschiffe, bereitete sich zum Auslaufen vor und eine Schar begeisterter Oldtimer-Fans zog an den Tampen, mit denen das große Gaffelsegel gesetzt wurde. Auf dem Kajütdach stand ein Getto-Blaster, aus dem „I am sailing" dröhnte.

Sie mussten ein paar Minuten warten, hatten dann aber Glück, dass ein älteres Paar seinen Tisch am Wasser räumte. Meller bestellte zwei große Krüge Bier und als sie den ersten Zug nahmen sagte Arved Maschke „Guten Abend!"

Meller stand auf und Ellen stellte langsam ihr Glas ab. Ein großer weißer Schaumrand stand wie ein Bart auf ihrer Oberlippe und sie wurde rot als sie sich dessen bewusst wurde und ihn wegwischte. Arved Maschke lächelte direkt in ihr Herz. So hatte sie sich „ihren" Traumprinzen immer vorgestellt, und ohne dass sie ein Wort mit ihm gewechselt hatte, verliebte sie sich in ihn.

Meller sah irritiert wie diese Frau Hamann und Maschke voreinander standen und sich gegenseitig wortlos verständigten. Von so etwas verstand er nichts…, hatte es nie erlebt.

„Frau Hamann ist von der mutmaßlichen Besitzerin der Madonna beauftragt, mit uns zu verhandeln", sagte er.

Arved Maschke ergriff Ellens Hand und führte sie in einer altmodischen Geste an seinen Mund und sie starrte ihn an und schmolz.

„Ich brauche auch ein Bier", sagte er dann und wandte sich dem Kellner zu. Ellen musterte ihn schnell. Anfang Fünfzig, sportlich schlank, volles graubraunes Haar, gepflegte Kleidung… Der Scan verlief ganz zu ihrer Zufriedenheit.

Auch Maschke, der sich ihr nun wieder zuwandte spürte eine zunehmende Erregung in sich.

Ihm gefiel die durchtrainierte dunkelblonde Frau ausnehmend gut, wenngleich... Liebe würde es für ihn nicht mehr geben, kam nicht mehr in Frage nachdem, was er schon alles mit Frauen erlebt hatte. Aber ein Flirt...

Sein Bier kam und er erfrischte sich mit einem Schluck. „Meller hat mir berichtet, dass ihre Mandantin glaubt, sie wäre die rechtmäßige Eigentümerin der Statue, die wir gegenwärtig in Besitz haben..." er sah Ellen erwartungsvoll an.

Sie öffnete ihre Handtasche und förderte einen zusammengefalteten Zettel zutage, den sie Arved zuschob. „Die Fotokopie des Dokuments, das unseren Anspruch beweist", sagte sie. Maschke las und Meller beugte sich neugierig über seine Schulter, was Maschke missfiel.

„Ja...", sagte Maschke dann. „Wir", er wies auf Meller und sich, „wären sehr daran interessiert für Frau Geswein den Verkauf zu übernehmen. Verstehen sie mich recht", sagte er lächelnd zu Ellen gewandt.

„Ich kann das auch so..., habe meine Kontakte und bisher haben sie nur unser Wort, dass wir die Madonna haben." Ellen wollte etwas einwenden, aber Maschke legte ihr sanft seine Hand auf den Arm, was sie als sehr angenehm empfand. „Mit diesem Papier ist der Verkauf legal und wir können ein Vielfaches erzielen." Ellen nickte.

„Ich verstehe. Vorerst soll ich nur einen Kontakt mit Ihnen herstellen. Meine Mandantin,

Frau Geswein, möchte sie gern kennen lernen und direkt mit Ihnen verhandeln."

Sie sah Maschke tief in die Augen, dem dabei ganz heiß wurde.

„Ich bin für meine Arbeit mit fünf Prozent am Erlös beteiligt. Da begeistert mich das „Vielfache" schon sehr."

Maschke lachte und legte erneut seine Hand auf ihren Arm, ließ ihn aber diesmal liegen.

„Das macht Sie zu einer wohlhabenden Frau, möchte ich meinen. Bis es soweit ist... Darf ich sie zum Essen einladen?" Ellen senkte leicht den Kopf und murmelte „Gern, ich habe nichts anderes vor." Meller sagte „Ich kenne ein nettes Restaurant oben am Jungfernstieg...", aber Maschke sah ihn finster an und schüttelte den Kopf. „Du musst sicher noch in Dein Geschäft", und Meller verstand endlich. „Oh ja, natürlich. Das habe ich ganz verdrängt", stammelte er und verabschiedete sich.

Maschke sah ihm nach. Dann wurde ihm bewusst, dass seine Hand immer noch auf Ellens warmer Haut lag und wollte sie wegziehen, aber sie legte ihrerseits ihre Hand auf seine und zog ihn zu sich heran und dann küssten sie sich.

Woronzow

Vogler schüttelte sich wie ein Hund, und die Wassertropfen aus seinem Haar zerplatzten an der gerundeten Glaswand seiner Duschkabine. Er schnaufte und drehte den Temperaturregler ein wenig mehr in Richtung „Heiß", bis er es kaum noch aushalten konnte. Diese Meike war wirklich eine Granate gewesen! Die rothaarige Frau, die er im „Nautic" kennen gelernt hatte, hatte mit ihm die neue Wohnung eingeweiht und jetzt war ihm ein bisschen schlecht. Ob nun aus Gründen der physischen Erschöpfung oder der unzähligen Wodka-Lemon wegen...

Das große Wohnzimmer und der Schlafraum sahen aus wie ein Schlachtfeld und er knurrte, als er sich mit einem Badetuch um die Hüften in die Pantry-Küche begab. Seine nackten Füße hinterließen feuchte Abdrücke auf den Marmorfliesen. „Mist verdammter!" fluchte er, denn nun fiel ihm ein, dass er noch nichts „Richtiges" eingekauft hatte. Der Kühlschrank enthielt praktisch nichts, außer einer fast leeren Wodkaflasche. Die Kaffeedose war natürlich auch leer. Seufzend zog er sich an und fuhr mit dem Fahrstuhl ins Erdgeschoss. Gut das es nur ein paar Schritte bis in die „Backstube" waren und bald darauf saß er vor einem reichlichen Spätaufsteher-Frühstück. Er dachte nach. Das Geld, dass Maschke ihm gegeben hatte, schrumpfte zusammen wie Eis in der Sonne. Er grinste. Na ja, diese Meike war es wert gewesen.

Ziemlich spät und zu seiner Überraschung hatte sie ihm ihren Preis genannt. So hatte er sie gar nicht eingeschätzt, aber dann war es egal gewesen und die paar Hunderter... Maschke hatte ihm ja versprochen, dass es bald klappen würde mit dem Verkauf der Silberfigur. Trotzdem..., er würde doch lieber Marion reaktivieren. Meike war einfach zu teuer.

Er trank seinen Kaffee aus und ging über die Straße in den Supermarkt, um seine neue Küche mit dem Nötigsten zu versorgen. Später saß er zufrieden auf seinem ebenfalls neuen Teak-Liegestuhl in der Sonne. „Das Leben ist schön", dachte er und schlief ein.

Es war schon fast dunkel, als er aufwachte. Nebenan auf dem Balkon lachte eine Frau mit einer erschreckend schrillen Stimme. Er hatte sie schon im Treppenhaus gesehen.

Typ „aufgebrezelte Oma" mit „Last- Minute-Mann –fang" Ambitionen. Aber nicht mit ihm! Von dieser Sorte liefen eine ganze Menge in Timmendorf herum.

Er musste plötzlich an Rita denken, die sich wohl aus ähnlichen Motiven an den alten Konrad herangemacht hatte und nun den Platz unter der Buche mit ihm teilte.

Da er nicht so recht wusste was er tun sollte und Marion nicht ans Telefon ging, beschloss er nach Travemünde zu fahren.

Vogler parkte wie immer auf dem großen Parkplatz am Fischereihafen. Ziellos schlenderte er am Hafen entlang und sah den großen

Fährschiffen nach, die sozusagen hautnah vorbei glitten. Gegenüber spiegelten sich die Lichter des „Rosenhofes" im Wasser der Trave. Letzte Segelyachten strebten ihren Liegeplätzen zu. Er blieb stehen und sah zu der cremefarbenen großen Motoryacht hinüber, die auf der anderen Seite des Flusses festgemacht hatte. Während er hin sah marschierten drei Matrosen in untadeligen Uniformen zum Heck. Dann dröhnte plötzlich die russische Nationalhymne über das Wasser und die große Fahne am Heck wurde zeremoniell eingeholt. Vogler, der früher bei der Marine gewesen war, kannte das. „Hat Stil, das da...", dachte er.

Er fand einen Platz bei „Fisch-Paul" und aß Backfisch mit Kartoffelsalat und dann stand er schließlich vor dem Hotel, von dem er wusste, dass es da in einem der Hinterzimmer ein verschwiegenes und sehr gediegenes Casino gab. Früher hatte es in Travemünde ein richtiges, ein wenig berüchtigtes Spielcasino gegeben, aber das hatte nun seine Pforten geschlossen. Vogler wäre sowieso nicht eingelassen worden, denn da hatte er wegen so mancher Vorkommnisse Hausverbot gehabt. Er trat ein, und fand den Weg, vorbei an Rezeptionstresen und Nachtclub, zu der verschlossenen Tür, vor der ein aufmerksamer Angestellter in Kleiderschrank-Größe stand. Er wollte eintreten, aber der Türsteher gab ihm zu verstehen, dass hier Krawattenzwang herrschte. Vogler wollte aufbegehren, aber der Türsteher war aus seiner

Höhe von gut zwei Metern keinen Argumenten zugänglich.

Drei Männer kamen aus der Lobby und gingen an Vogler vorbei. Zwei der Typen waren offensichtlich Bodyguards. Vierschrötige Kerle in schwarzen Anzügen und natürlich mit den vorgeschriebenen Schlipsen.

Der Dritte, der in der Mitte, trug ein offenes Seidenhemd, Leinenhose und weiße Turnschuhe und der Türsteher hätte ihn durch die Tür getragen, wenn das gewünscht worden wäre.

„Hej, warum darf der ohne Schlips durch", sagte Vogler und der Türsteher grinste und sagte „Gibt eben so`ne und solche!"

Eine halbe Stunde später durfte Vogler rein. Er hatte sich bei Matzen eine Selbstbinder-Krawatte gekauft, weil er keinen Knoten hingekriegt hätte. Dazu ein billiges Sakko. Der Türsteher sah ihn geringschätzig an, ließ ihn nun aber durch. Er war noch nie hier gewesen und die ultra-luxuriöse Einrichtung schüchterten ihn ein. Seine Schuhe versanken fast im dicken Teppich. Überall Holzpanele, auf denen das gedämpfte Licht der Kristallleuchter schimmerte… Im Hintergrund standen die Roulettetische, an denen ein paar Spieler ihr Glück versuchten.

Vogler war unschlüssig und schlenderte erst mal von Tisch zu Tisch und sah zu. Er war schon früher in Spielbanken gewesen, aber das war lange her. An der Bar ließ er sich einen Whisky geben und spürte mit Behagen, wie das scharfe Getränk seine Kehle hinunter rann. Ein paar

Frauen lächelten ihn an, aber er hatte jetzt keine Lust auf zwischenmenschliche Kontakte dieser Art. Vogler zog die restlichen Scheine, die von Maschkes Anzahlung übrig waren aus der Tasche und zählte nach. Achthundert noch... Fünfhundert steckte er zurück, die anderen Dreihundert tauschte er an der Kasse gegen Jetons.

Eine halbe Stunde verbrachte er am Baccara-Tisch, weil er die Kartengeberin sexy fand und verspielte Zweihundert.

„Nicht mein Tag...", knurrte er und die Geberin zog einen Schmollmund, weil er aufstand.

Eine Stunde später hatte Vogler alles, auch den Rest aus der Tasche, verzockt. Für den letzten Zehner gönnte er sich einen weiteren Whisky, den er trübsinnig an der Bar schlürfte. Er kam ins Gespräch mit einem anderen Spieler, der wohl auch nicht vom Glück geküsst worden war und sie unterhielten sich.

„Guck mal, der da..." Der Spieler wies mit seinem Cognacschwenker in Richtung Roulette-Tisch. „Der mit dem Seidenhemd. Ist sowieso schon Multimillionär und sahnt hier ab." Vogler sah hinüber und erkannte den Mann, der trotz Schlipslosigkeit eingelassen worden war. „Wer is`n das?" fragte er. „Na Mensch... dieser reiche Russe! Woronzow heißt der. Ölhändler, Rohstoffe, Kunstsammler.... Was weiß ich, was noch alles!" sagte Voglers Nachbar. „Kunstsammler? Weißt Du das genau?" antwortete er.

„Hab ich gelesen", bestätigte der Spieler. „Gemälde und so...Scheiße, soviel Geld möchte ich auch mal haben. Prost!" Er leerte sein Glas und Vogler trank mit. Er fasste einen Entschluss. Maschke konnte ihm schließlich dankbar sein, wenn er einen Kunden für diese Madonna fand.

Er rutschte vom Barhocker und ging langsam zum Roulette-Tisch hinüber. „Herr Woronzow?" fragte er als er hinter dem Russen stand und der drehte kurz den Kopf und musterte Vogler abschätzend, dann nickte er einem seiner Bodyguards fast unmerklich zu, und der packte Vogler am Arm, und zog ihn mit unwiderstehlicher Kraft weg.

„Boss will spielen. Verstäään. Nix stören.", zischte er Vogler zu. „Ich habe ein Kunstwerk zu verkaufen, das ihren Chef bestimmt interessiert", sagte Vogler und der Muskelmann sah ihn durchdringend an. „Ich werde ihm saggen. Warten!" befahl er und ließ Vogler stehen, der sich den schmerzenden Oberarm rieb, an dem der Bodyguard ihn abgeschleppt hatte. Er war ja auch kein Schlappschwanz, aber das... Vogler sah, dass der Mann Woronzow etwas ins Ohr flüsterte, aber der Millionär spielte weiter und nach einer Stunde wollte Vogler resigniert gehen und stand auf. Der Bodyguard sah das und kam herüber.

„Ich sagte, warten!" knurrte er und Vogler setzte sich wieder.

Er war irgendwie halb eingeschlafen als Woronzow ihn ansprach und er schrak auf.

„Was haben sie mir anzubieten?" fragte der Russe und Vogler stand auf. „Ist das ihr Schiff da im Hafen?" stammelte er und der Millionär strahlte plötzlich vor Stolz. „Ja, ist meine „Strela". Vogler nickte. „Ich habe gehört, dass Sie Kunstsammler sind und da dachte ich... Ich... wir haben eine Statue aus Silber gefunden. Eine Madonna. Riesengroß und sicher sehr wertvoll."

Woronzow kniff die Augen zusammen. Er winkte einem seiner Angestellten zu und erteilte in schnellem Russisch Befehle und bald darauf eilten Kellner herbei, die Platten mit Sandwiches und Weinflaschen in Kühlern auf den Tisch stellten. „Greifen Sie zu und erzählen Sie mir mehr", forderte Woronzow Vogler auf und der tat es.

Von Maschkes Wohnzimmerfenster aus konnte man das Holstentor sehen. Von außen machte das alte Kontorhaus an der Untertrave nicht viel her, aber innen war es erst vor einigen Jahren „Luxus-saniert" worden. Maschke bewohnte das oberste Geschoss allein. Ellen sah sich bewundernd um. Sie trug einen flauschigen Bademantel, den Arved ihr aus seinem Fundus gegeben hatte und ihr frisch gewaschenes Haar in ein Handtuch gehüllt, das sie zu einem Turban gebunden hatte. Arved Maschke sah sie lächelnd und bewundernd an. Er stand an der Küchentheke und bereitete einen Imbiss zu.

„Einen Wein, Liebes?" fragte er und Ellen nickte. Arved goss den dunkelroten Dornfelder in zwei bauchige Gläser und kam zu ihr herüber. Es war so gegen drei Uhr, wie Ellen auf der großen Westminster-Uhr gesehen hatte, die auf einer Biedermeier-Kommode stand. Alles hier war antik, aber irgendwie gemütlich und geschmackvoll zusammen gestellt. Ellen gefiel es. Der Zusammenprall mit Arved war... irgendwie unwirklich und von solcher Urgewalt gewesen, dass sie einfach ihren Gefühlen nachgegeben hatte. Maschke war kein besonders geübter Liebhaber, aber sie hatten sich gegenseitig aneinander berauscht und so war die Nacht, ihre erste Nacht, wie im Flug vergangen. Arved trat hinter sie und nahm sie in die Arme.

„In einer Stunde wird es hell", sagte er und küsste sie zärtlich auf den Hals. Das Schieferdach des Holstentores leuchtete angestrahlt von den Flutlichtern und sie war glücklich, wie seit langem nicht mehr. Einen kurzen Moment dachte sie an Micha, vergaß ihn aber sofort wieder. Arved stellte die Platte mit belegten Broten und Mixed-Pickles auf den Tisch und sie aßen.

„Erzähl aus deinem Leben. Ich weiß ja noch gar nichts über Dich...", forderte er Ellen auf und sie verbrachten einige Zeit mit gegenseitigen Geschichten aus ihrer beider Vergangenheit, jeweils sorgfältig das verschweigend, was ihrer Meinung nach „Nicht so schön" war und das war eine ganze Menge. Als Arved ihr von seinem neuen Hobby, dem Jetski fahren erzählte, lachte Ellen und Maschke sah sie erstaunt an. Als sie ihm erzählte, dass sie ihn bei einem seiner ersten Versuche von der Seebrücke Scharbeutz aus zugesehen hatte, lachte er auch und er lud sie ein, ihn am Nachmittag nach Scharbeutz zu begleiten und eine Jetski-Fahrt mit ihm zu unternehmen.

Wieder dachte sie kurz an Micha, schüttelte den Gedanken aber ab und küsste Arved zärtlich.

„Gern Schatz, aber Du musst dieses sexy Neopren-Dings wieder anziehen!" Er lachte und versprach es.

„Ich habe heute Abend den Termin mit dieser Frau Geswein. Hast Du ja selbst eingefädelt", sagte er dann nachdenklich. „Du bist ja sicher auch dabei. Vielleicht ist es besser, wenn die nicht merkt, dass wir uns so gut... Ich meine..."

Ellen nickte. „Schon klar, Schatz. Wäre mir auch unangenehm. Ich werde nur dasitzen und kritisch gucken." Sie lachte wieder und Arved war glücklich.

Vogler wachte auf und wusste nicht wo er war. So was war ihm früher schon passiert, nur war die Umgebung nie so luxuriös gewesen, wie diesmal. Ein leises Summen kam aus der Klimaanlage. Er sah sich um. Seine Hand strich über die seidene Decke des Bettes, auf dem er lag. Weiße Schleiflackmöbel, ein Plasma-Fernseher...

Seine Sachen lagen verstreut auf dem flauschigen cremefarbenen Teppich. Helles, durch eine dünne Gardine gefiltertes Licht fiel durch das runde Bullauge. Vogler schob den Vorhang zur Seite und sah, dass er sich fast auf Augenhöhe mit der Trave befand. Eine Segelyacht fuhr vorbei und ihr weißer Rumpf versperrte kurz den Blick auf die Vorderreihe auf der anderen Seite des Flusses. Nun wusste er, wo er war. Der Russe! Er musste ihn mit auf die Yacht genommen haben. Er fasste sich an den schmerzenden Kopf. Was hatte er erzählt? Hatte er das Versteck der Madonna ausgeplaudert?

„Mann oh Mann...", dachte er und begann sich anzuziehen. Es klopfte an der Tür und ein Steward öffnete.

„Herr Woronzow erwartet sie zum Frühstück im Salon", sagte er. „Ich komme gleich", antwortete Vogler und als der Steward gegangen war, schlurfte er ins Bad und bestaunte den puren Luxus, der ihn dort umgab.

Woronzow hatte eben Glück gehabt. Das abrupte Ende der Sowjetunion hatte er auf einem ziemlich isolierten Dienstposten in Wladiwostok erlebt. Major in einem Nachschubdepot der

Marine. Das große Selbstbedienen begann und er begriff sehr schnell die neuen Regeln. Anders als die meisten seiner Kameraden, investierte er das schnelle Geld aus den illegalen Verkäufen von Waffen und ganzen Schiffen in Anteile der neuen Rohstoff-Gesellschaften, die sich nun die Bodenschätze Sibiriens zu eigen machten und stieg schnell in die Geld-Aristokratie Neu-Russlands auf.

Ihm gefiel es aber nicht in der Schicki-micki Atmosphäre Moskaus und Sankt Petersburgs und er hatte seinen Wohnsitz in der Enklave Kaliningrad, dem früheren Königsberg, genommen, das nun als Freihandelszone fungierte, und wo es ihm gut gefiel. Er lebte privat sehr zurückgezogen und bisher hatte es noch keine Frau geschafft, ihn für sich zu gewinnen. Seine Geschäfte liefen nun sozusagen von selbst und er verlegte seine Interessen auf die Kunst.

Sein großes Haus, ein ehemaliges Kontorhaus in der Altstadt, beherbergte nun Schätze, die jedem großen Museum zur Ehre gereicht hätten. Zudem hatte er ein starkes Heimatgefühl für „seine" Stadt und ihre Geschichte entwickelt und nun hatte dieser Vogler ihm von der Madonna berichtet... Der „Madonna von Padua", über die er schon in alten archivarischen Büchern gelesen hatte. Die Madonna, die einst aus der benachbarten Marienburg gestohlen worden war. Woronzow nahm genüsslich einen Schluck aus seiner Teetasse und sah über die sonnen beschienene Trave hinaus. Er würde sie heimholen. Nicht ganz, denn die Marienburg gehörte ja heute zu Polen, aber fast. Er wusste auch schon, wo er sie in seinem Haus aufstellen würde.

Ein Steward öffnete die Tür und ließ Vogler ein, einen Menschen mit dem Woronzow sich normalerweise nicht eingelassen hätte, aber vorerst war er der Schlüssel zu „seiner" Madonna.

„Ah, Herr Vogler", sagte er stand auf und bot dem „kleinen deutschen Gauner", wie er bei sich dachte Platz an. „Frühstücken wir", sagte er „Und dann reden wir über das Geschäft."

Der Probst war ein wenig ungehalten über die Störung, aber dann verging sein Ärger schnell, denn Tarau zeigte ihm die Kopie des Schreibens, den die Anwaltskanzlei im Auftrag der Kirche an Mirja Geswein gesandt hatte. Er nickte. „Gute Arbeit, Tarau", sagte er. „Sie wird anerkennen müssen, dass die Madonna uns gehört. Wann werden wir sie in Besitz nehmen können?" Diakon Tarau wiegte den Kopf.

„Das kommt darauf an, ob Frau Geswein es auf einen Rechtsstreit ankommen lässt, oder nicht. Zudem wissen wir ja nicht, ob dieser Meller und sein Partner die Figur schon an Frau Geswein ausgeliefert haben."

Der Probst dachte nach. Dann wies er mit dem Zeigefinger auf Tarau. „Sie werden diesen Meller aufsuchen und ihn zur Herausgabe der Statue an uns auffordern, falls er sie noch hat.

Zeigen sie ihm unsere Urkunde und das Schreiben der Anwälte." Tarau nickte.

„Ich werde sofort nach Neustadt fahren. Auf Wiedersehen." Er wollte sich verabschieden, aber der Probst rief ihn zurück. „Beginnen sie schon mal mit der Planung des Festes. Ich habe mir da was überlegt. Wir werden die Madonna auf der „Lisa von Lübeck", dem Nachbau der alten Kogge von Travemünde hierher bringen lassen. So wie es eigentlich vor sechshundert Jahren hätte sein sollen. Dann mit einer Prunkprozession vom Hafen durch die geschmückten Straßen in die Kirche. Ich werde an der Spitze gehen. Kümmern sie sich um den ganzen Kram mit der Stadt. Absperrungen, Polizei und das alles, Tarau. Vergessen sie nicht Fernsehen und Presse einzuladen...!" Tarau nickte. „Eine glänzende Idee... das mit der „Lisa", sagte er und ärgerte sich, dass ihm das nicht eingefallen war.

Er überließ den Probst seinen Träumen und machte sich auf den Weg nach Neustadt.

Günther Meller fühlte sich entspannt. Dank des Vorschusses von Maschke und dem Erlös der Goldstücke, konnte er wieder getrost in die Zukunft sehen. Er hatte Frau Alvermann sogar eine kleine Lohnerhöhung geben können, was deren Verehrung für ihn noch gesteigert hatte.

„Komisch, dass dieser Eisler immer noch nicht wieder aufgetaucht ist", dachte er.

Die Türklingel bimmelte. Er sah auf und erkannte den Diakon, den er in Lübeck aufgesucht hatte, um etwas über die „Madonna" zu erfahren. Meller ging auf ihn zu.

„Ah guten Tag Herr…" Ihm fiel der Name nicht mehr ein. „Tarau!" half ihm sein Besucher. „Tarau, ja richtig", sagte Meller. „Was kann ich für sie tun?" Tarau antwortete nicht, sondern stellte seine Aktentasche auf den Tresen, öffnete sie und entnahm einen roten Pappordner. Er klappte ihn auf und reichte Meller ein Schriftstück, der es verblüfft entgegennahm. Meller sah den fett gedruckten Briefkopf einer Anwaltskanzlei, aber das Kleingedruckte… „Einen Moment. Ich brauche meine Brille", sagte er und fand sie nach einigem Suchen in der Schublade.

„Es ist der Beweis, dass die von Ihnen gefundene Statue Eigentum der Marienkirche ist und ich fordere sie auf, diese unverzüglich an uns heraus zu geben", sagte Tarau und sah Meller erwartungsvoll an. Der strich sich mit einer unsicheren Geste über das Kinn und las den Schriftsatz des Anwaltsbüros. Die Fotokopie des Dokuments, das Tarau „verbessert" hatte lag bei.

„Nehmen Sie doch Platz, Herr Tarau", sagte Meller, aber der Diakon blieb stehen. „Nun?" fragte er dann ungeduldig. „Werden Sie uns die Statue herausgeben? Natürlich steht ihnen und Herrn Maschke ein… eh, Finderlohn zu, über den wir uns sicher einigen können", fügte er in einem sanfteren Ton hinzu. Meller legte den Brief auf den Tresen und wanderte ein paar Schritte auf und ab.

„Herr Tarau, ich weiß nicht...", sagte er dann. „Ich, das heißt wir, haben Kontakt mit Frau Geswein wegen des Verkaufs der Madonna. Sie hat ebenfalls Beweise für ihre Eigentumsrechte und ich denke..." Er brach ab, dann fiel ihm etwas ein. „Vielleicht möchte die Kirche mit bieten? Möglicherweise räumt Frau Geswein ihnen eine Art Sonderpreis ein."

Meller war das gerade eingefallen, denn er fürchtete eine gerichtliche Auseinandersetzung, die alles erheblich verzögern würde. Tarau hatte ihm scheinbar ruhig zugehört. Nun schüttelte er vehement den Kopf.

„Es ist unser alleiniges Eigentum. Geben sie es heraus!" Meller missfiel das Auftreten des Diakons und er richtete sich auf, nahm die Brille ab, und sah dem kleineren Tarau direkt in die Augen. „Herr Tarau, ich weiß zu diesem Zeitpunkt nicht, wo sich die in Frage stehende Statue befindet und selbst wenn..." Er tippte auf den Brief. „Ich denke, sie werden sich mit Frau Geswein um den Besitz streiten müssen, wenn sie die Madonna haben wollen. Auf Wiedersehen, Herr Tarau!"

Er ging zur Tür und öffnete sie und der verblüffte Diakon nahm seine Aktentasche und ging wortlos.

Meller sah ihm durch das Fenster nach. „Mist!" dachte er und wählte hektisch Maschkes Nummer, um ihn von dieser Wendung zu unterrichten, aber er konnte nur der Mailbox seine Aufregung mitteilen. Maschke war momentan nicht zu sprechen.

Arved Maschke hatte seinen Mercedes auf dem großen Parkplatz an der Ostseestraße abgestellt. Mit Mühe und Not hatten sie nach einigem Suchen eine Lücke gefunden, denn die Sonne schien und es war Ferienzeit. Hochsaison in Scharbeutz. Sie gingen Arm in Arm über den Ostseeplatz und Maschke wunderte sich etwas über den Druck, den Ellen an seinem Arm ausübte. Aber sie sagte ihm nicht, warum sie so weiche Knie hatte. Links das Cafe, in dem ihre Polizeikarriere so tragisch geendet hatte, rechts das Appartementhaus, in dem Micha...

„Hoffentlich läuft der nicht gerade hier rum", dachte sie etwas beklommen und nahm sich vor, ihn noch heute - später- anzurufen und ihm die neue Sachlage zu erklären.

Sie schoben sich durch die dichte Menschenmenge, die sich bei „Gosch" gebildet hatte. „Willst Du erstmal was essen, Liebes?" fragte Arved und Ellen nickte, denn sie verspürte einen leichten Appetit und wenn Micha sie sah... Dann war das eben so. Arved ließ Ellens Arm los. „Ich stell mich an. Suchst Du uns einen Platz?"

Sie nickte und hatte tatsächlich Glück, denn ein älteres Ehepaar räumte bald darauf seinen Platz direkt an der Dünenkante. Ellen setzte ihre „Dolce & Gabane" -Sonnenbrille auf. Gefälscht, aber chic. Das Wasser der Bucht glitzerte und Kinder kreischten fröhlich am Strand. Möwen schrieen...

„So geht Urlaub", dachte sie und fühlte sich rundum glücklich. Arved schob sich zu ihr durch. Er brachte einen tönernen Weinkühler mit dem roten Gosch-Hummer darauf und einer Weißweinflasche darin und ein paar Gläser.

„Alles Selbstbedienung hier", sagte er und goss ein. „Was ist das denn?" fragte Ellen als er ein untertassengroßes Plastikteil auf den Tisch legte. „Unser Essen", sagte er und grinste. Ellen, die so etwas noch nicht kannte, sah ihn verständnislos an, aber dann brummte am Nachbartisch ein ebensolches Teil los und Dioden leuchteten dazu in allen Farben. Der Tischnachbar ging damit in das Lokal und brachte dann die Teller heraus. „Aha", sagte Ellen und trank Arved zu. Endlich „plärrte" auch ihr „Essen" und Arved stellte eine große Garnelenplatte und Weißbrot zwischen sie.

„Da, das ist Iris. Die fährt das Taxiboot. Ich kenne sie gut." sagte Arved und wies Ellen auf das blaue Motorboot hin, das gerade einige Leute von einer Segelyacht abholte und zur Seebrücke brachte. „Soso", sagte Ellen anzüglich, denn selbst auf diese Entfernung konnte man erkennen, dass es sich um eine attraktive Frau handelte. Arved winkte hektisch ab.

„Nein, doch nicht was Du denkst... Ich kenn sie so vom... sehen!" Seine Entschuldigungsversuche wirkten komisch und sie lachten schließlich beide und Ellen verschluckte sich an ihrem Wein.

Später gingen sie an der „Beach-Lounge" vorbei an den Strand, wo Bernhard seinen provisorischen Stand hatte. Ein Haufen Kinder wurde dort gerade mit Schwimmwesten versorgt, denn sie wollten mit der gelben Gummibanane fahren. Bernhard sah auf. „Oh Hallo Arved." Er begrüßte Maschke, der Ellen vorstellte. „Hast Du einen Jetski für uns?" fragte er. Bernhard sah sich seine Kladde an, in die er Vermietungen eintrug. „Ja, müsste gleich einer wiederkommen." „Ausgezeichnet!" sagte Maschke.

„Dann ziehen wir uns schon mal um." Er führte Ellen zu der kleinen improvisierten Umkleidekabine und die Gehilfin Bernhards gab ihr einen schwarzgrünen Neoprenanzug, in den sie sich mehr schlecht als recht zwängte.

„Ich sehe aus wie eine Wurst", klagte sie, als sie neben Arved am Strand stand. Er küsste sie.

„Ich liebe Wurst, besonders so knackige", versicherte er ihr und sie boxte ihn scherzhaft in die Seite.

Endlich kam ihr Jetski und Bernhard kontrollierte ihn schnell. „So ihr zwei, kann los gehen. Genug Sprit für zwei Stunden. Schön vorsichtig, Arved. Wär schade, wenn Du diese tolle Frau ins Wasser wirfst!"

„Blödmann", knurrte Maschke und erklärte Ellen, dass sie sich nur gut an ihm festhalten sollte.

Ellen hätte nicht im Traum gedacht, dass diese Art von Wassersport sie so begeistern würde. Die Gischtspritzer, die Sonne in ihren Augen, das Adrenalin, das die schnelle Fahrt und die plötzlichen Wendungen, die Arved in seine Manöver einbaute, in ihr in Wallung brachte…

Ellen fühlte sich frei und glücklich und Arved bemerkte mit Behagen, wie sie ihm bei allem

Bemühen sich an ihm festzuhalten, sanft den Bauch streichelte.

Sie waren gerade vor der Timmendorfer Seebrücke, als Arved eine große cremefarbene Motoryacht auffiel, die hinter dem Steilufer bei der Hermannshöhe in Sicht kam und Kurs auf Scharbeutz nahm. Neugierig drehte er nach links und Ellen wurde beinahe abgeworfen als der Jetski beschleunigte. Sie hatte nicht damit gerechnet und eine Hand von Arved gelöst, um sich die Salz verklebten Haare aus dem Gesicht zu streifen.

„Hej!" protestierte sie, aber Arved lachte und stob auf die näher kommende Yacht zu. Arved staunte. Seit einiger Zeit kamen mehr und mehr Yachten nach Scharbeutz, um dort vor der Dünenmeile zu ankern, aber ein Schiff dieser Größe war sicher noch nicht dabei gewesen. Er fuhr zwei Kreise um die Yacht, dessen Kapitän etwas nervös wurde, denn er ließ einen Warnton aus der Sirene ertönen. Der kleine Jetski sprang wie ein bockendes Pferd im Kielwasser der „Strela". Arved wies Ellen mit einem Kopfnicken auf das Achterdeck der Megayacht hin, wo ein blau-silberner Hubschrauber stand. Ein paar Leute lehnten an der Reling am Heck und winkten ihnen zu und Arved dachte „Das ist doch…", aber dann hatte er alle Hände voll mit der Stabilisierung seines Gefährts zu tun, denn die Hecksee der „Strela" war stärker als gedacht.

„Lass uns zurück fahren. Ich habe Durst!" schrie ihm Ellen ins Ohr und auch Arved hatte vorerst genug.

Ellen rieb sich ihren Rücken. „Das hat Spaß gemacht, aber ich glaube, für meinen Bandscheiben ist das Gift", sagte sie.

Sie hatten den Jetski abgegeben und sich umgezogen. Ellen hatte sich schnell die Haare an der Stranddusche abgespült, aber das Ergebnis deprimierte sie, als sie in ihren Handspiegel sah. „Ich sehe aus wie ein Pudel", klagte sie, aber Arved lachte und zog sie hinter sich her zu Promenade, wo sie auf der Terrasse des Cafe- Wichtig Platz an einem Tisch direkt an der Dünenkante fanden.

„Was darf ich Ihnen bringen?" fragte der nette junge Kellner. „Mineralwasser. Einen ganzen Eimer", sagte Ellen und Arved bestellte Weizenbier für sich. „Sieh mal", sagte er und zeigte aufs Wasser hinaus. Die große Yacht ließ gerade in sicherer Wassertiefe, die der Kapitän mit Hilfe des Echolots feststellte, den Anker fallen. Die „Strela" swojte herum, bis sie mit dem Bug im Wind lag, der heute aus Nordwest wehte, so dass sie ihre ganze linke Bordwand dem Ufer zuwandte.

Iris war mit ihrem Taxiboot schon unterwegs zu dem Schiff, musste aber erkennen, dass es dort wohl kein Geschäft für sie gab, denn ein Beiboot von der doppelten Größe des ihren wurde gerade zu Wasser gelassen.

Arved, der ja auch kein armer Mann war, fühlte ein wenig Neid aufkommen.

„Also mit ehrlicher Arbeit kann man so ein Ding nicht bezahlen", brummte er. Ellen nickte und war froh, dass der Kellner ihre Getränke brachte. „Ich bin richtig ausgedörrt", sagte sie nach dem ersten Schluck. Die Megayacht interessierte sie nicht besonders. „Wie willst Du das mit Frau Geswein angehen?" fragte sie, um Arved auf andere Gedanken zu bringen. Arved dachte nach. „Du hast ja gesagt, sie möchte schnell Geld sehen, um ihr Cafe auszubauen. Ich werde erstmal versuchen ihr die Madonna, beziehungsweise ihre Besitzrechte abzukaufen, falls sie nicht schon kapiert hat, was die wert ist. Wenn doch, habe ich da einige Interessenten an der Hand, die kurzfristig einige Millionen für dieses Kunstwerk locker machen können." Er wiegte den Kopf. „Mit etwas Glück ist das Geschäft heute Abend im Kasten."

„Gott sei Dank", sagte Ellen. „Ich habe mir eine Option auf diesen chicen kleinen Mini geben lassen. Muss mich aber bis übermorgen entscheiden." Arved lächelte und nickte.

„Das sollte klappen", sagte er. „Und wenn nicht, kriegst Du den von mir mit einer roten Schleife drum", dachte er für sich.

Ellen schloss die Augen und genoss die Sonnenstrahlen und Arved konnte sich nicht satt sehen an ihr. Doch dann sah er Vogler, tatsächlich diesen verdammten Vogler, neben einem teuer gekleideten Mann über die Seebrücke schlendern und setzte sich mit einem Ruck auf. „Hab ich doch richtig gesehen", knurrte er.

„Was ist, Schatz?" murmelte Ellen, die tatsächlich fast eingeschlafen war und sich nun aufsetzte. „Ach nichts", entgegnete Arved. „Ein Bekannter, aber den muss ich jetzt nicht haben. Hoffentlich sieht er mich nicht."

Sein Wunsch ging in Erfüllung, denn Vogler und sein Begleiter begaben sich ins Innere des Cafes. Trotzdem war es mit der Ruhe vorbei, denn Arveds Handy klingelte. Es war Meller, der seinem Partner aufgeregt von Diakon Taraus Besuch berichtete. Maschke hörte nur zu, dachte nach und beruhigte dann seinen Gesprächspartner.

„Da kann was nicht stimmen mit dem Dokument der Kirche. Auf jeden Fall haben wir die besseren Karten, weil nur wir die Madonna wirklich haben. Ich sehe nachher die Frau Geswein. Du bist ja auch dabei. Es wird sich zeigen, wessen Dokument echt ist. Bis nachher."

Er drückte die „Aus" Taste ohne Meller noch einmal zu Wort kommen zu lassen, denn er wollte auf keinen Fall die Stimmung des Augenblicks brechen, aber Ellen hatte ihre Sonnenbrille in die Stirn geschoben und sah ihn forschend an. „Probleme, ja?" fragte sie und er nickte.

„Dieser Diakon. Er war bei Meller und hat ihm ein altes Dokument unter die Nase gehalten, dass den Besitzanspruch der Kirche an der Madonna beweisen soll."

Ellen schüttelte den Kopf. „Kann nicht sein. Ich habe das echte Papier auf Frau Gesweins

Dachboden gefunden und prüfen lassen." Maschke nickte versonnen.

„Ich habe so was schon öfter mal erlebt. In den alten Zeiten wurde viel geschrieben, aber nie was weggeworfen, wenn das Geschäft, oder was immer, nicht zustande kam. So ähnlich wird das hier sein." Sein Gesicht verdüsterte sich.

„Jedenfalls macht das alles schwieriger falls da erstmal die Gerichte entscheiden müssen."

Auch Ellens Miene verdüsterte sich jetzt, denn sie dachte an ihren Mini. „Mal sehen, was das Gespräch heute Abend bringt. Komm, wir lassen uns doch jetzt die Laune nicht verderben." Ellen war nicht so leicht aufzuheitern, aber Arved bestellte Wein für sich und einen Aperol-Sprizz für sie und die Sonne schien beständig weiter.

Mirja Geswein hatte schon um sieben das „Geschlossen" Schild an die Tür ihres Cafes gehängt. Sie war nervös und stellte zwei Tische in der Ecke zusammen, an denen die „Konferenz" stattfinden sollte. Manuel Drewitz kam als erster und half Mirja dabei Gläser und Wasserflaschen bereitzustellen. Nacheinander klopften Meller, Arved Maschke und Ellen ein, die wie abgesprochen nicht zu erkennen gab, dass sie Maschke mehr als flüchtig kannte. Drewitz begrüßte sie distanziert und sagte „Frau Hamann, ich bin erstaunt sie hier zu sehen...", was alle die Köpfe heben und ihn ansehen ließ. Mirja Geswein sah Drewitz streng an.

„Ich habe Frau Hamann gebeten an dieser Besprechung teilzunehmen. Ohne sie wären wir ja gar nicht hier!" Drewitz sackte ein wenig in seinem Stuhl zusammen, aber Arved Maschke konnte sich nicht verkneifen zu fragen, in welcher Funktion er denn eigentlich hier anwesend wäre und Mirja musste wiederum bestätigen, dass sie ihn eingeladen hatte, um ihr „Beizustehen".

Nachdem das geklärt war, kamen sie endlich auf den Punkt. Meller berichtete vom Besuch Taraus und legte die Kopie des Kirchendokuments, die der Diakon ihm gegeben hatte auf den Tisch. Frau Geswein hatte ihr Original schon bereit gelegt und während Maschke, Meller, Frau Geswein und Drewitz über den Verkauf diskutierten, verglich Ellen die beiden Papiere. „Haben sie eine Lupe?" fragte sie plötzlich und alle sahen sie überrascht an. „Ich glaube ja", sagte Mirja, stand auf und suchte eine Weile in ihrer Küchenschublade herum.

„Hier bitte", sagte sie und Ellen nahm die altehrwürdige Lupe, die Frau Geswein wohl auch schon von Oma hatte.

„Ist da was, Scha... Ich meine Frau Hamann?" fragte Maschke und sah sich schnell um, aber niemand hatte seinen Versprecher bemerkt. „Ich weiß nicht..." entgegnete Ellen. „Siegel und Unterschrift sind irgendwie... Kann auch an der Kopie liegen." Nacheinander sahen nun alle durch die Lupe, aber nur Meller bestätigte Ellens Beobachtung.

„Hier, in der unteren linken Ecke sieht das ganz anders aus", sagte er und wies auf das Siegel der Kopie.

„Fälschung?" fragte Drewitz hoffnungsvoll, aber Ellen wiegte den Kopf. „Das ist schwer nachzuweisen. Das kann ja schon vor Hunderten von Jahren gemacht worden sein. Wir brauchen das Original der Kirche. Ich habe da noch gute Kontakte zum Kriminaltechnischen Labor... Die können so was nachweisen."

„Wunderbar! sagte Mirja Geswein euphorisch und Ellen bekam den Auftrag, die Echtheit des Kirchendokuments zu überprüfen. „Kann aber auch nach hinten für uns ausgehen", gab sie zu bedenken, um die allgemeine Stimmung zu dämpfen. „Wenn sich rausstellt, dass Siegel und Unterschrift doch echt sind..." Meller sah sie mit großen Augen an.

„Aber sie haben doch gesagt, ihre Ex-Kollegen..." Ellen zuckte die Schultern.

„Ich habe nur gesagt, dass die das überprüfen können und mein Gefühl sagt mir, dass nur unser Dokument echt ist." Maschke nickte. „In Ordnung. Wir gehen mal von dieser Sachlage aus."

Er machte nun Frau Geswein den Vorschlag, ihr die Madonna für rund Einhunderttausend in bar auf den Tisch abzukaufen und sie sah Drewitz hilflos an.

„Hast Du nicht gesagt, die ist Millionen wert?" stammelte sie. Arved lachte. „Theoretisch ja, Frau Geswein, aber das wirkliche Leben..., so viele Sammler gibt es nicht auf der Welt und die Museen haben meistens nur begrenzte Budgets. War ja nur ein Angebot, falls sie sofort Geld sehen möchten." Frau Geswein sah Drewitz fragend an, der aber mit dieser Problematik auch überfordert war. Ihm persönlich kamen Hunderttausend für so eine Figur viel vor, aber er hatte ja gehört…

„Das sollte man nicht übers Knie brechen", sagte er lahm. Maschke ärgerte sich. Er spürte, dass Frau Geswein angebissen hätte, wäre dieser Drewitz nicht hier.

„Na ja", sagte er leichthin. „Warten wir eben ab, bis Frau Hamann die Echtheit ihres Dokuments bestätigt hat, dann kann ich einen höheren Preis erzielen. Die Hunderttausend hätten sie sofort bekommen."

Drewitz nickte, Meller schwieg und Frau Geswein knetete ihre Finger, weil sie eigentlich sofort Kasse machen wollte, Drewitz aber nicht vor den Kopf stoßen wollte.

Man trennte sich mit der Übereinkunft, dass Maschke und Meller den Verkauf der Madonna übernehmen würden und dafür fünfzig Prozent des Erlöses erhalten sollten. Mirja Geswein würde aus ihren fünfzig Prozent je fünf an Drewitz und Ellen zahlen. Drewitz verabschiedete sich fast unhöflich mit einem Kopfnicken und auch Meller stieg in seinen Wagen und fuhr davon. Frau Geswein machte hinter ihnen das Licht aus und ging ins Bett, bekam in dieser Nacht aber keinen Schlaf, weil sie den Hunderttausend nachtrauerte, die sie auf Drewitz anraten gegen ein „Vielleicht-Vabanque-Spiel" eingetauscht hatte.

Arved Maschke war noch lange schlaflos in dieser Nacht. Ellen lag in seiner Armbeuge und gab leise Schlafgeräusche von sich. Der genossene Alkohol und die ungewohnte Jetski Fahrt hatten sie erschöpft und sie war sehr schnell eingeschlafen. Arved strich vorsichtig über ihren Rücken.

Er dachte an Vogler, den er mit diesem reichen Yachtbesitzer gesehen hatte und er machte sich Sorgen wegen des Verstecks in Schürsdorf. Vogler allein konnte er gut in Schach halten, aber mit so jemandem im Hintergrund… Intuitiv spürte er, dass ihm die Zeit davon lief und er bereute mittlerweile tief den Mord an Konrad Eisler und dieser Frau. Das durfte Ellen nie erfahren!

Er erwachte von dem leichten Kuss, den Ellen ihm auf die Nase gab. Schließlich war er doch noch eingeschlafen, hatte auch nicht bemerkt, dass Ellen sich leise aus dem Bett rollte, sich im Bad frisch machte, und den Frühstückstisch gedeckt hatte. „Guten Morgen Schatz. Frühstück ist fertig", sagte sie lächelnd und er stellte mit einem schnellen Blick auf den Wecker fest, dass es schon fast Neun war.

Sie frühstückten ausgiebig und dann verabschiedete sich Ellen, um dem Probst einen Besuch abzustatten. Ihr Weg führte an der Untertrave entlang und sie bog in die Beckergrube ein. Sie blieb kurz vor der Pizzeria „Neapolina" stehen und erinnerte sich an einen Einsatz, den sie hier vor- wie es ihr schien- unendlich langer Zeit mit ihrem Kollegen Herbie

Pring gehabt hatte... Dabei war das erst ein Jahr her.

Sie schluckte und ging entschlossen weiter. Vergangenheit!

Der Probst empfing sie, denn sie stellte sich als Ermittlerin vor und er ging davon aus, dass sie Polizistin wäre. Ellen ließ ihn in dem Glauben.

„Ich müsste ihr Original-Dokument mit in unser Labor nehmen. Es dauert nur ein paar Stunden und ich bringe es dann sofort persönlich zurück", sagte Ellen, die dem Probst erklärt hatte, dass auch das Dokument Frau Gesweins auf dieselbe Weise untersucht werden würde.

„Na, dann gibt sie hoffentlich auf", sagte der Probst, der von der Echtheit „seiner" Urkunde überzeugt war.

Tarau, der Ellen sicher nicht so leicht die Urkunde herausgegeben hätte, war nicht da und so öffnete der Probst selbst den Tresor und gab ihr gegen Quittung das Dokument „zu treuen Händen", wie er sagte.

Cornelia Spiess war oft mit Ellen in der Pause essen gegangen, als diese noch im Polizeidienst war. Auch beruflich hatten sie ja täglich miteinander zu tun gehabt. Cornelia Spiess galt als tüchtige kriminaltechnische Laborantin und hatte schon so manchen Fall klären geholfen. Ihr Hobby aber war die Malerei und sie hatte schon viele Echtheitsbestimmungen an angeblich „echten" alten Meistern und Dokumenten vorgenommen. Sie hatte die Stirn gerunzelt als Ellen sie um den „Gefallen" bat, sich doch die Siegel zweier

Dokumente anzusehen, hatte dann aber eingewilligt. „Und wie geht's Dir sonst so?" fragte sie während sie sich die Siegel unter ihrem Mikroskop ansah.

„War nicht leicht, aber jetzt... Hab mich wieder verliebt", antwortete Ellen und Cornelia löste sich vom Mikroskop und sah sie erstaunt an. „Ehrlich? Wir müssen mal wieder ausgehen und quatschen."

Sie wandte sich wieder ihrer Arbeit zu, dann kicherte sie. „So was dilettantisches hab ich lange nicht unter dem Okular gehabt", sagte sie dann. Ellen trat aufgeregt näher.

„Welches ist es?"   „Die Kirchenurkunde. Die Urkunde selbst ist echt, jedenfalls was das Alter angeht, aber Unterschrift und Siegel.... Eine Woche oder so, älter nicht!"

„Wusste ich es doch!" jubelte Ellen. „Wenn Du das schriftlich brauchst, musst Du noch mal offiziell damit kommen. Anzeige erstatten und so. Sonst kann ich Dir das nicht bestätigen."   Ellen nickte. „Wird vielleicht nicht nötig sein. Danke Conni, Du bist ein Schatz!" sagte sie und legte das Dokument sorgfältig wieder in den Umschlag, den der Probst ihr für den Transport gegeben hatte. „Und das andere? Frau Gesweins Urkunde?"

Cornelia nickte „Die ist hundertprozentig echt. Darauf kannst Du Gift nehmen."   „Lieber nicht", wehrte Ellen ab und Cornelia sah ihr nach als sie ging.   „Viel Glück mit Deiner neuen Liebe, Kleines", dachte sie und erinnerte sich an die tragische Geschichte, die zu Ellens Karriere-Ende bei der Polizei geführt hatte.

Arved Maschke hatte sofort zum Telefonhörer gegriffen, nachdem ihm Ellen die gute Nachricht übermittelt hatte. Nacheinander hatte er sechs teure Auslandstelefonate geführt, deren Gebühren aber nun nicht mehr ins Gewicht fielen. Zwei Gebote lagen deutlich über einer Million und Madigan aus New York hatte noch nicht zurückgerufen. Bei Madigan war Arved sich sicher, mindestens zwei Millionen herausschlagen zu können. Die Exposes mit den Fotos hatte er per Email an alle möglichen Interessenten verschickt und... Alles war möglich! Jetzt würde das höchste Gebot entscheiden.

Ellen saß auf dem Sofa und trank Tee. Sie sah ihm zu und bewunderte, wie souverän er sich am Telefon auf Englisch, Französisch und sogar Schwedisch unterhalten konnte.

„Was hat denn eigentlich der Probst gesagt, als Du ihm eröffnet hast, dass sein Dokument gefälscht ist?" fragte er Ellen in einer Verhandlungspause. Ellen stellte ihre Tasse hin. „Er war sehr überrascht und enttäuscht. Konnte es erst nicht glauben, aber dann... Ich glaube, er ahnt schon, wer dahinter steckt und ich denke auch, dass dieser Diakon was damit zu tun hat. War mir gleich unsympathisch."

Das Telefon klingelte und Arved nahm ab.

„Ah Ciao Benjamino... Si, la Madonna di Padua...!" rief er, nachdem sein Gesprächspartner sich zu erkennen gegeben hatte und Ellen schenkte sich Tee nach.

Tarau verschloss die Tür des Gemeindehauses hinter dem letzten Chorsänger. Der Probst hatte ihm zu verstehen gegeben, dass dies sein letzter Arbeitstag für die Kirche sein würde. Die Probe hatte lange gedauert und die Sänger hatten gefunden, dass Tarau nicht so bei der Sache schien wie gewohnt... Er hatte auch abgelehnt, noch auf einen Schluck in ihre Stammkneipe zu kommen, was noch nie passiert war. Er überquerte die Strasse und schloss die Nebenpforte der gewaltigen, nun vollkommen leeren und dunklen Marienkirche auf. Nach einigen Sekunden gewöhnten sich seine Augen an das diffuse Restlicht, das durch die farbigen Fenster ins Innere fiel. Langsam machte er einen Rundgang und kniete dann vor dem Hauptaltar nieder, wo er lange betete.

Aus der Sakristei holte er eine Wäscheleine, die er dort vor der Probe in seinem Schrank verwahrt hatte. Langsam stieg er die schmalen Treppen an der Rückwand des Kirchenschiffes hinauf, die ihn auf die Orgelempore brachten.

Er legte spielerisch seine Finger auf die Tasten, zog sie aber schnell wieder zurück. Er war ihrer nun nicht mehr würdig.

Er seufzte und Tränen begannen seine Wangen herunter zu rollen. Mit zitternden Händen befestigte er ein Ende des Seiles an der Balustrade, knüpfte eine Schlinge ins andere Ende und legte sie sich entschlossen um den Hals.

Dann stieg er auf die Brüstung, verharrte noch einen Moment und sprang...

Meike hatte schon einiges mitgemacht in ihrer Karriere als „Model", wie sie ihren Beruf leicht verbrämend bezeichnete. Dieser Vogler war ganz amüsant gewesen. Typ Kleinganove, aber das hatte sie erst im Laufe der Nacht herausgefunden, die sie mit ihm verbracht hatte. Na ja, er hatte bezahlt und das war für sie das Wichtigste. Ware gegen Geld. Gefühle hatte sie sich schon vor einiger Zeit abgewöhnt.

Die Mädels kicherten und achteten darauf, dass sich ihre hochhackigen Schuhe nicht in den Lücken zwischen den Holzbohlen verfingen, mit denen die Seebrücke belegt war. „Das große Schiff da draußen? Da sollen wir hin?" fragte Petra. Meike nickte. „Reicher Russe. Wir werden am Anleger abgeholt und dann geht die Party-Kreuzfahrt los."

Es hatte sie angesichts der avisierten Gage nur zwei Stunden gekostet die sechs Kolleginnen zu versammeln, die jetzt mit ihr über die Seebrücke gingen. Frauen warfen ihnen missbilligende Blicke zu, Männer sahen ihnen nach...

Sie kannten das. Meike hatte „sexy Kleidung" angeordnet und die Damen hatten ihr Bestes gegeben.

Vogler hatte sie am Vormittag angerufen und alles arrangiert, nachdem sein neuer Freund Woronzow sich diesbezüglich bei ihm erkundigt hatte. Der Helikopter war vor einer Stunde zum Lübecker Flughafen abgeflogen, wo einige Geschäftsfreunde Woronzows in Kürze mit einem Privatjet landen würden.

Zahlreiche Yachten lagen neben der Seebrücke vor Anker und von einigen kamen einladende, an Meikes Gruppe gerichtete Rufe, die sie lächelnd und mit Winken quittierten.

„Ich glaube, es könnte sich lohnen, hier öfter mal heraus zu kommen", meinte Petra und Meike fand das auch.

Ein weiß uniformierter Matrose kam auf sie zu und geleitete sie zur Treppe des Anlegers, wo das Beiboot der „Strela" festgemacht hatte. Ein zweiter Matrose sprang auf und reichte den Frauen seine Hand, um ihnen an Bord zu helfen.

Juri strahlte übers ganze Gesicht und konnte sich nicht satt sehen. Die Damen lächelten ihn an und einige bedauerten, dass er sicher nicht zu ihrer „Kundschaft" gehören würde. Vogler erwartete sie an der Pforte im Rumpf.

„Hallo Meike", sagte er und gab ihr einen Kuss. „Schön dass Du das einrichten konntest. Ich zeig euch, wo ihr euch frisch machen könnt. Wir fahren gleich los."

Die Frauen kamen bald darauf aufs Achterdeck, wo Vogler ihnen Woronzow vorstellte, der sofort Anita, eine etwas füllige Blondine, für sich requirierte. Genau sein Typ.

Stewards brachten Cocktails und dann brachte das Beiboot einen weiteren Gast, in dem Vogler einen Politiker aus Berlin, der oft in den Nachrichten zu sehen war, zu erkennen glaubte. Das Boot wurde eingeholt und langsam nahm die „Strela" unter den bewundernden und sehnsüchtigen Blicken der vielen am Strand liegenden Touristen Fahrt auf.

Kapitän Larkin musste große Vorsicht walten lassen, denn zahlreiche Segelboote kreuzten ihren Kurs, der sie an Haffkrug und Sierksdorf vorbei in Richtung Grömitz führen würde, von wo aus sie dann in einem großen Bogen nach Scharbeutz zurückkehren wollten.

Kurz vor Neustadt drehte Larkin bei und der Hubschrauber senkte sich auf die Plattform herab. Vier Männer stiegen aus und Woronzow begrüßte sie lautstark und mit Umarmungen. Vogler und die Frauen sahen vom Achterdeck aus zu und Meike begann zu ahnen, dass dies eine anstrengende Nacht werden würde.

Kapitän Larkin ärgerte sich etwas. Eine sternenklare laue Sommernacht, die man seiner Meinung nach mit einem guten Glas Wein und in Ruhe, nur den Gedanken nachhängend, verbringen sollte.

Vom Achterdeck drang laute Partymusik bis auf die Brücke. Er zuckte die Achseln. Damit hatte er gerechnet als er den -zugegeben- gut bezahlten Posten angenommen hatte. Voraus waren die Lichter des Maritim-Hochhauses neben der Trave Einfahrt gut zu sehen. Rechts die, jetzt nach Mitternacht, doch etwas spärlicheren Lichter von Timmendorf und Scharbeutz.

„Kurs 290Grad!" befahl er und Juri, der nun Dienst am Ruder hatte, drehte das kleine Lenkrad bis die Digitalziffern den angeordneten Kurs zeigten. Er drückte einen Knopf und konnte nun die Hand vom Ruder nehmen. Der Autopilot würde das Schiff hundertprozentig auf Kurs halten. Larkin nickte.

„Ich sehe mal, ob die Herrschaften alles haben, was sie brauchen", sagte er und Juri sah ihm neidisch nach.

Larkin fand eine Szene vor, die ihn abstieß. Die Frauen saßen vollständig nackt oder nur in Unterwäsche auf dem Schoß der betrunkenen Männer, von denen einige nur noch lallende Geräusche von sich gaben. Dieser Vogler hing schlafend in einem Liegestuhl, Erbrochenes auf seiner Brust und seinen Beinen. Umgefallene Sektflaschen, die bei jeder Bewegung des Schiffes leicht hin und her rollten.

Woronzow, stöhnend und japsend auf Anita... Der deutsche Politiker , an dem sich zwei Frauen zu schaffen machten...

Larkin drehte sich um und machte, dass er auf seine Brücke zurückkam. Er hatte in seiner Zeit als Erster Offizier eines Kreuzfahrtschiffes im Schwarzen Meer viel erlebt, aber das...

„Langsame Fahrt, Juri!" befahl er, um nicht vor Scharbeutz anzukommen, bevor die Party zu Ende war. Er hatte keine Lust auf Besuch von der Polizei wegen Ruhestörung.

„Sag dem Steward, er soll die Musik leiser machen", sagte er und Juri gab den Befehl weiter. Die da hinten würden das sowieso nicht mehr merken.

Arved Maschke rieb sich die Hände. Eben hatte er den Telefonhörer nach einem langen Ferngespräch mit Madigan aufgelegt. Der

Multimillionär und Kunstmäzen, der sein Geld im Finanzmarkt gemacht hatte, würde übermorgen persönlich mit seiner zum Luxusjet umgerüsteten Boeing 737 über den Atlantik kommen. Maschke hatte ihm versichert, dass er die Zollformalitäten innerhalb zweier Tage regeln konnte, denn Madigan wollte die Statue sofort mitnehmen. Über den genauen Preis war zwar noch gar nicht gesprochen worden, aber der würde nun auf jeden Fall über Zwei Millionen liegen. Maschke hatte seinem Kunden gesagt, dass er mit seinem Jet in Lübeck-Blankensee landen könnte, was im Gegensatz zu Hamburg, sehr günstig war, nicht nur der Nähe zu dem Versteck in Schürsdorf wegen, sondern weil Maschke dort einen der zuständigen Zollbeamten gut kannte...

Ellen lag auf dem Sofa und machte nun, da er sein Gespräch beendet hatte, mit der Fernbedienung das TV-Gerät aus, in dem sie lustlos herum gezappt hatte. Arved rieb sich die Hände. „Einen Champus, Schatz? Das muss gefeiert werden! Kannst Dir schon mal ausrechnen, wie viel deine Prozente von Zweieinhalb Millionen ausmachen." Ellen sprang auf, lief zu ihm und küsste ihn.

„Meinst Du, ich kann mir Morgen den Mini kaufen?" Arved lachte. „Du kannst dir auch einen Porsche leisten, Prinzessin." Er machte sich sanft von ihr los und ging in die Küche, um eine Flasche „Moet" aus dem Kühlschrank zu holen. Ellen trat ans Fenster und sah zum Holstentor hinüber. Endlich... Endlich würde sie nicht mehr jeden Cent umdrehen müssen. Und vielleicht... Sie gestand sich ein, dass sie sich ernsthaft in Arved Maschke verliebt hatte, sich ein Leben mit ihm nicht nur vorstellen konnte, sondern auch wünschte.

Sie hatte mit Micha telefoniert und er hatte so getan, als wenn es ihm nicht so schwer fiele, sie gehen zu lassen, obwohl sie gemerkt hatte, dass er log... Aber da konnte sie ihm nicht helfen. Sie hatte ihm versprochen, dass sie in Verbindung bleiben würden, wusste aber, dass das eine Floskel war. Auch er gehörte nun zu ihrer Vergangenheit.

Aus der Küche drang das „Plopp" des Korkens und sie drehte sich um und sah Arved entgegen, der zwei gefüllte Sektschalen in den Händen trug. Sie trat auf ihn zu, nahm ihm die Gläser aus den Händen und stellte sie auf das Fensterbrett. Dann küsste sie ihn, dass ihm die Luft weg blieb. „Ich liebe Dich...", sagte sie zum ersten Mal zu ihm und Arved, dem das bewusst war, durchzuckte es heiß. „Ich liebe Dich auch", murmelte er mit rauer Stimme und wurde sich plötzlich bewusst, dass das stimmte. Sie tranken und sahen dabei auf die Silhouette der Stadt. Ellen nahm seine Hand und führte ihn ins Schlafzimmer und im schummerigen Schein des aus dem Wohnraum dringenden Lichts entkleideten sie sich gegenseitig und genussvoll...

Sie fanden wenig Schlaf in dieser Nacht und als der endlich doch kam war es ein Schlaf der Erschöpfung und der Erfüllung.

Mordzeit

Vogler brummte der Schädel. Nicht nur das; ihm war unheimlich schlecht. In der Koje hatte er es nicht länger ausgehalten und hier an Deck war es nur wenig besser.

Im ersten Dämmerlicht hatte er die Frau neben sich für Meike gehalten, aber sie war es nicht. Eine der anderen Frauen; den Namen hatte Vogler vergessen, und sie schnarchte leise. Meike war von einem der Russen abgeschleppt worden.

Oje, was für eine Party. Raues Lachen drang an sein Ohr. Woronzow, in einem leichten Trainingsanzug und in Joggingschuhen, winkte ihm von der Gangway des unteren Decks zu.

„Kommen Sie, Vogler. Nur ein paar Kilometer. Das wirkt Wunder!" Vogler hielt sich die Hand vor den Mund, denn es kam ihm gerade wieder hoch. Es gelang ihm nur ein ablehnendes Kopfschütteln, bevor er sich auf die Suche nach der nächsten Toilette machen musste.

Woronzow lachte wieder und stieg dann in das Beiboot, das Juri geschickt an die Gangway heranfuhr. Zwei von Woronzows russischen Freunden stiegen mit ihm ins Boot und bald darauf joggten die drei über die, um diese Uhrzeit noch menschenleere Seebrücke und bogen nach rechts auf die Promenade in Richtung Haffkrug ein.

Vogler, der sich nach seinem Toilettenbesuch wieder an der Reling festhielt, sah ihnen missmutig nach. Der saure Geschmack des Erbrochenen klebte ihm noch im Gaumen und er konnte nicht verstehen, wie diese Russen die riesigen Mengen Alkohol verdaut hatten und nun schon wieder zu solchen sportlichen Leistungen fähig waren.

Juri legte wieder an und nahm Meikes Damentrupp an Bord. Anita, die exklusiv von Woronzow „beehrt" worden war, sah noch am besten aus.

Juri hatte seine liebe Not damit, sie alle trocken in sein Boot zu bekommen. Meike stierte trübsinnig in Voglers Richtung als der ihr einen Gruß zurief, hielt sich aber statt einer Antwort nur den Kopf.

„Kaffee wäre nicht schlecht", dachte Vogler und stieg in den Salon hinab. Die Stewards waren damit beschäftigt, ein opulentes Frühstück für Woronzow und seine Freunde vorzubereiten, gaben ihm aber auf seine Bitte einen großen Becher Kaffee, den er mit an die frische Luft nahm. Er schwor sich, nie wieder etwas zu trinken.

Er erwachte von dem zunehmenden Lärm der Hubschrauberturbinen, die oberhalb des Platzes, wo der Liegestuhl stand, in dem er eingeschlafen war, hochgefahren wurden. In das sirrende Heulen der Motoren mischte sich das flappende Geräusch des eingekuppelten Rotors.

Die EC135 hob ab und geriet kurz in Voglers Gesichtsfeld.

Er konnte die verspiegelte Sonnenbrille des Piloten erkennen. Dann entfernte sich der elegante Hubschrauber schnell in Richtung Timmendorf und der Lärm verklang.

Woronzow trat aus dem Inneren des Salons und blieb neben Vogler stehen.

„Das war ein schönes Fest, nicht wahr Herr Vogler? Meine Freunde waren begeistert und werden gerade zum Flughafen gebracht. Ich würde jetzt gern die „Madonna" sehen."

Er sagte das in einem ruhigen leutseligen Ton, aber Vogler, der nach Ausflüchten suchte, weil er erst noch mit Maschke sprechen wollte, erkannte dass er keine Wahl hatte. Warum auch nicht... Woronzow wollte sich die Madonna ja nur ansehen.

„In Ordnung. Wir können meinen Wagen nehmen. Steht auf dem Parkplatz", erwiderte er und Woronzow nickte zufrieden. „Ziehen sie sich um", riet er Vogler noch und wies auf die Spur des Erbrochenen, die sich über die Vorderseite dessen T-Shirts zog.

„In zehn Minuten!" beendete Woronzow das Gespräch und Vogler stemmte sich aus dem Liegestuhl, um seine Kabine aufzusuchen.

Arved Maschke hielt sich die Ohren zu. Er hatte seinen Mercedes gerade vor dem Flughafengebäude geparkt und war ausgestiegen, als ein in silbern und blau lackierter Hubschrauber dicht über ihn hinweg flog und hinter dem Gebäude verschwand. Da er zeitig losgefahren war, begab er sich auf die Aussichtsterrasse und sah ein paar Männer aus dem Hubschrauber steigen, der direkt neben einem weißen dreistrahligen Geschäftsreiseflugzeug gelandet war, welches Maschke als eine Dassault Falcon900 identifizierte. Flugzeuge hatten ihn schon immer interessiert. Ansonsten lag der kleine Airport verlassen da. Die nächste planmäßige Maschine der irischen Ryanair war erst in zwei Stunden fällig. Die Tür der Dassault schloss sich und der Klang der startenden Düsentriebwerke drang zu ihm hinauf.

Als Erster startete der Hubschrauber und flog davon. Arved Maschke überlegte, wo er den schon einmal gesehen hatte und dann fiel es ihm ein. Auf dem Deck der großen Yacht vor Scharbeutz!

Die Dassault rollte an und stellte neben dem Anfang der Startbahn in Warteposition. Maschke wunderte sich, worauf sie wartete, aber dann wurde in der Ferne die Silhouette eines Flugzeugs sichtbar, das sich schnell näherte.

Die Boeing 737 war in einem eleganten Dunkelblau lackiert und Maschke dem Landemanöver zu, bis sie von der Landebahn schwenkte und langsam zum Vorfeld rollte, wo schon einige Fahrzeuge, unter anderem des Zolls bereitstanden, um das Flugzeug aus den USA abzufertigen.

Maschke drehte sich um und ging in die Ankunftshalle hinunter, wo sich schon kurze Zeit später die Schwingtür öffnete und Madigan in Begleitung eines kräftigen Mannes, der einen

Gepäckwagen schob und einer elegant gekleideten dunkelhaarigen Schönheit mittleren Alters heraus trat.

„Hello Mr. Madigan!" rief Maschke und eilte auf seine Gäste zu. „Hallo Arved. How are you?", antwortete Madigan, dem man die Anstrengungen des langen Fluges nicht ansah.

„Das ist Sharon, meine Assistentin und das ist Roy", stellte er seine Begleiter vor, wobei er Sharon zärtlich die Hand auf den Arm legte. „Aha", dachte Maschke. Zuletzt hatte er Madigan vor sechs Wochen in London mit seiner damaligen „Assistentin" Florence gesehen.

„Ich kann nur zwei Tage bleiben", sagte Madigan. „Ist alles vorbereitet?" Maschke nickte.

„Wir fahren nachher gleich nach Schürsdorf, wo ich die Madonna gelagert habe. Unser Mann vom Zoll hat morgen Abend Dienst… Wenn wir uns einigen, kannst Du dann mit der Statue im Laderaum abfliegen"

„Very well", nickte Madigan. Sie stiegen in Maschkes Mercedes und er brachte seine Gäste ins Radisson Hotel Lübeck, wo er Zimmer reserviert hatte. Maschke und Madigan unterhielten sich auf Deutsch, was der Amerikaner von seiner Zeit als Soldat in Heidelberg her recht passabel sprach. Sharon sah interessiert aus dem Fenster und Roy verzog keine Miene, wie es sich für einen Leibwächter gehörte, denn das war er. Maschke hatte kurz den Griff einer Pistole in dessen Schulterhalter beim Einsteigen gesehen.

„So was geht nur, wenn man mit einem Privatjet ankommt", dachte er.

Er hielt vor dem Haupteingang des Hotels, aus dem auf seinen Wink ein Gepäckträger herbei eilte.

„Ich hole Dich um 17Uhr hier ab", versprach Maschke und Madigan und seine Begleitung begaben sich ins Hotel, um ihre Zimmer zu beziehen.

Maschke sah auf die Uhr. „Zu spät...", dachte er, fuhr aber trotzdem noch zu dem Autohändler nahe der Lohmühle, bei dem Ellen auf ihn wartete.

„Gott sei Dank", murmelte er, denn ihr alter Polo stand noch auf dem Parkplatz. Ellen war nirgends zu sehen, aber dann fand Maschke sie in dem Mini Cabrio sitzend, in das sie sich verguckt hatte. Sie spielte gedankenverloren an den Knöpfen des CD-Spielers und bemerkte nicht wie er heran trat.

„Hallo Schatz. Hast Du schon unterschrieben?" fragte er und ihr Kopf zuckte hoch, dass ihre Haare flogen.

„Endlich" rief sie. „Ich dachte schon, Du kommst nicht mehr", antwortete sie lebhaft. „Der will Bargeld oder eine beglaubigte Bankauskunft", sagte sie dann mit belegter Stimme, weil der Autoverkäufer deutlich reservierter geworden war, nachdem sie ihm gesagt hatte, dass das Geld „in einigen Tagen" eingehen würde und als sie dann zugeben musste, dass sie keine geregelte Festanstellung bei der „Seaguard" Versicherung hatte...

Arved öffnete ihr die Tür. „Komm, ich rede mal mit dem Herrn", sagte er und Ellen nahm seine Hand und sie küssten sich zur Begrüßung.

„Ist Madigan angekommen?" fragte sie und er nickte. „Er ist im Hotel. Ich hole ihn um Fünf ab. Kommst Du mit?" „Gern", antwortete Ellen, die die sagenhafte Madonna nun auch endlich einmal sehen wollte.

„Ah Frau Hamann, haben sie eine Lösung gefunden?" fragte der Verkäufer, als er sie erkannte. Ellen sah Arved ein wenig hilflos an. „Kannst Du mir das Geld leihen, bis ich es von Frau Geswein kriege?" flüsterte sie so, dass der Verkäufer es nicht mitbekam. „Lass mich mal kurz allein mit dem verhandeln", sagte Maschke und zog den jungen Mann am Arm ein Stück zur Seite. Ellen sah zu, wie Maschke dem Mann etwas erklärte, dann grinste dieser anzüglich und die Männer gingen in das Glasbüro des Verkäufers.

Ellen konnte von ihrer Position aus nicht sehen, wie Arved ein Bündel Geldscheine aus der Tasche zog und dem verdutzten Verkäufer auf den Tisch zählte.

„Hier, Achtzehntausend", sagte er, dann nahm er zwei der Fünfhundert Euro Scheine wieder zurück. „Barverkauf-Rabatt", sagte er grinsend und der Verkäufer wollte protestieren, sah aber etwas in Maschkes Augen, das ihn zögern ließ. Und schließlich... Er hatte nicht damit gerechnet den Wagen zu diesem Preis los zu werden.

„Okay, abgemacht", sagte er und gab Maschke die Hand. Arved ging zu Ellen, die ihn fragend ansah. Er nahm ihr Gesicht in seine Hände und küsste sie.

„Herzlichen Glückwunsch, mein Schatz. Ich finde, der Wagen steht Dir gut. „Danke...", murmelte sie und sie gingen zu dem wartenden Händler zurück, um den Vertrag zu unterschreiben. Der Verkäufer lächelte Ellen an.

„Ich kann den Wagen morgen für Sie zulassen, wenn Sie möchten." Ellen verzog das Gesicht.

„Ich dachte, ich kann ihn Heute schon haben", sagte sie. Der Verkäufer sah auf die Uhr. „Wenn Sie selbst zur Zulassungsstelle fahren... Die ist noch auf. Sie brauchen allerdings noch eine Deckungszusage der Versicherung." „Hab ich schon!" sagte Ellen triumphierend und klopfte auf ihre Handtasche. Sie sah Arved an.

„Hoffentlich schaffe ich das bis um Fünf..." Arved lachte. „Nur zu. Ich habe sowieso noch etwas zu erledigen."

So fuhr Ellen also zum letzten Mal mit ihrem alten Polo, den der Autohändler für sie entsorgen würde, zur Zulassungsstelle und Arved Maschke bestieg seinen Mercedes, um nach Schürsdorf zu fahren.

Günther Meller hatte schon wieder Geldsorgen. Der Erlös aus dem Verkauf der Münzen und der antiken Leuchter, die Konrad Eisler ihm gebracht hatte, hatten ihn dazu verleitet, sich endlich doch ein neues Auto zuzulegen und auch einige längst überfällige

Renovierungsarbeiten am Haus durchführen zu lassen. Nervös ging er in seinem Laden auf und ab. Dann nahm er sein Handy und wählte Maschkes Nummer.

Er musste einfach wissen, wann mit dem Geld aus dem Verkauf der Madonna zu rechnen war. Zumal...

Er hatte den Bericht über das traurige Ableben des Diakons gelesen. Zwar stand kein Wort in dem Artikel, der auf die Madonna hinwies, aber...

Meller hatte plötzlich ein ungutes Gefühl bei der ganzen Sache. Warum meldete sich Eisler nicht mehr? Zehnmal ließ er es am anderen Ende läuten, aber Maschke nahm nicht ab.

Woronzow hatte zunächst nur zugesehen, wie Vogler mit einer Schaufel die dünne Erd- und Holzspäne- Schicht abtrug, welche die Madonna in ihrer Grube im Inneren der alten Scheune bedeckte. Als bei einer unvorsichtigen Bewegung Voglers Metall gegen Metall klang, hielt es ihn nicht mehr auf seinem Beobachterplatz.

„Seien Sie doch vorsichtig, Mann!" herrschte er den schwitzenden Gauner an, der seiner Meinung nach ein „Barbar", und sich nicht bewusst war, wie man mit einem Kunstwerk umzugehen hatte.

Er nahm einen Besen, der an der Wand lehnte, schob Vogler beiseite und machte sich vorsichtig an die Freilegung „seiner" Madonna.

Mit jedem Detail das sichtbar wurde, schlug sein Herz schneller. Er „musste" diese Statue in seinen Besitz bringen. Vogler hatte sich auf eine alte Werkbank gesetzt und eine Zigarette angezündet.

„Ist doch nur so ne Figur...", dachte er geringschätzig. Ihn interessierte nur der Gegenwert. Woronzow versuchte die Madonna, die jetzt vollkommen frei gelegt war anzuheben, scheiterte aber.

„Sie wiegt ungefähr eine Tonne", sagte Vogler, der das damals an der Digitalanzeige des kleinen Baggers gesehen hatte, mit dem sie die Figur hier abgeladen hatten.

„Wir brauchen einen Lastwagen mit Kran, aber wie bringen wir die Figur unauffällig auf die Yacht?" murmelte Woronzow. Vogler sprang von seinem Platz.

„Herr Woronzow...", sagte er. „Wir müssen erst noch mit meinem Partner verhandeln. Wegen der Kohle, ich meine... wegen des Geldes."

Woronzow sah ihn überrascht an. „Ich dachte, dass ist alles klar!" fauchte er. Vogler zuckte die Schultern.

„Bin noch nicht dazu gekommen, ihn anzurufen. Aber..."

Er lauschte. Ein Auto fuhr auf den Hof und er spähte durch ein Astloch. Er sah Woronzow beunruhigt an.

„Ist nicht mehr nötig, dass ich anrufe. Er kommt gerade."

Maschke war gut durchgekommen. Nur zehn Minuten bis zur Ausfahrt Pansdorf und noch ein paar Minuten bis nach Schürsdorf, wo am Ende des Dorfes ein Feldweg zu der verlassenen Scheune führte, die er angemietet hatte. Er wollte die Madonna ausgraben und so herrichten, dass Madigan gar nicht anders konnte als...

Der ganze Rücksitz war mit rotem Samt beladen, den er um die silberne Statue drapieren wollte und zwei Kandelaber, deren Kerzenschein die Wirkung noch steigern würden. Eine Hecke versperrte zeitweise den Blick auf die Scheune und er sah Voglers Wagen erst spät. Ein großer schwarz gekleideter Mann lehnte an der Motorhaube und starrte ihn mit ausdruckslosem Gesicht an. Die eine Hälfte des großen Tores halb offen... Was ging hier vor!

Arved Maschke dachte nach, dann langte er unter den Sitz, zog seine Pistole aus der dort befestigten Halterung und steckte sie in die Jackentasche. Dieser verdammte Vogler!

Der schwarz Gekleidete stand auf und trat ihm entgegen. „Was Du wollen!" sagte er und Maschke trat der Schweiß auf die Stirn. „Ist in Ordnung Pawel", sagte Woronzow auf Russisch und Pawel machte Platz. Woronzow trat aus der Scheune, Vogler dicht hinter ihm.

„Vogler, Du Idiot!" zischte Maschke. Woronzow hob beschwichtigend die Hand. „Mein Name ist Woronzow. Ihr... Partner hat mir die Madonna gezeigt und ich werde sie ihnen abkaufen."

„Ich habe schon einen Käufer", antwortete Maschke kontrolliert. Woronzow lachte und sagte etwas zu Pawel, der auch lachte. „Herr..?" „Maschke", sagte Vogler schnell und Woronzow nickte. „Maschke. Wir werden uns sicher schnell einig. Vogler hat mir die Umstände ihres..." Er kicherte und sah Maschke dann aus zusammen gekniffenen Augen an „-Erwerbsdieses Kunstwerks berichtet. Sie werden mir diese Madonna geben, und Niemandem sonst. Verstehen wir uns?"

Maschke war wütend. Wütend auf diesen Woronzow, aber auch wütend auf sich selbst. Wie hatte er sich auf eine Pfeife wie diesen Vogler verlassen können? Er hätte die Statue längst woanders hinbringen müssen. Dazu war es nun zu spät.

„Ich gebe ihnen eine halbe Million und das ist in Anbetracht der Umstände eine Menge", sagte Woronzow kalt.

Arved Maschke hatte eine zwie gespaltene Persönlichkeit. Wenn man ihn nicht reizte und seine Pläne aufgingen, erschien er allen als liebenswerter und jovialer Mann. Ellen kannte ihn nur so, aber Konrad Eisler und Rita, sowie einige Andere hatten die dunkle Seite Maschkes zu spüren bekommen und diese Seite gewann nun in Arved die Oberhand.

Seine Hand glitt in die Tasche und er richtete die Walther PPK auf Woronzow, worauf hin der gut trainierte Pawel seine Tokarev zog und schoss. Maschke spürte den Stoß und einen heißen Schmerz an seinem linken Oberarm, drehte sich halb um und schoss zweimal.

Maschke hatte in seiner Jugend und in seiner Wehrdienstzeit viel geübt und Pawel war tot, bevor er die Erde berührte. Maschke drehte sich wieder um. Woronzow stand da mit einer abwehrenden Geste und Vogler war irgendwo in der Scheune verschwunden.

„Hauen Sie ab!" zischte er Woronzow an, der stocksteif da stand. „Vogler, komm raus und bring Deinen Freund weg. Aber schnell."

Vogler, der dem Braten nicht traute, kam vorsichtig aus der Scheune. „Mensch, Maschke. Wir können uns doch einigen", stammelte er.

Arved hatte jetzt Schmerzen und sah das Blut an seinem Arm entlanglaufen. „Ich zähle bis Drei!" schrie er und Vogler rannte zu seinem Wagen, wobei er fast über Pawel stolperte.

„Du auch!" schrie Maschke noch mal und Woronzow setzte sich in Bewegung. Maschke hielt die Pistole in Anschlag bis Voglers Wagen außer Sicht war, dann schaltete sich sein Gehirn wieder ein. „Oh Scheiße!" flüsterte er und wusste, dass er die Beiden nicht hätte fahren lassen sollen.

Ellen hatte eine Bedienmarke aus dem Automaten gezogen. „84" las sie. 76 war gerade aufgerufen worden.

„Geht ja noch", dachte sie und nahm sich eine Ausgabe der LN, die jemand dort liegen gelassen hatte, von der Bank.

„Der Tote von St. Marien" lautete die reißerische fett gedruckte Überschrift der ersten Seite und sie las etwas bedrückt über das Ende von Diakon Tarau und sie war sich bewusst, dass sie direkt etwas mit diesem Ende zu tun gehabt hatte. „Hört das denn nie auf...", dachte sie.

Wieder ein Mensch, der sein Leben verloren hatte, weil es sie gab. Ihre Ermittlungen... Ihre Enthüllung dem Probst gegenüber, hatten diesen Diakon verzweifeln lassen.

Sie weinte und ein paar Leute sahen zu ihr hinüber. 84 wurde aufgerufen und sie ließ die Zeitung sinken und wischte sich die Tränen mit dem Ärmel ab. Dann stand sie auf und vergaß ihr Wunschkennzeichen anzugeben.

HL-EA... für Ellen und Arved! Der Sachbearbeiterin war es egal.

Arved Maschke hatte Glück gehabt. Pawels Kugel hatte nur eine, wenn auch zunächst stark blutende Streifspur über seinen Oberarm gerissen. Es gelang ihm schnell, mit Hilfe einer Binde aus dem Autoverbandskasten, die Blutung zu stoppen. Arved bewegte die Finger der linken Hand.

Es schmerzte, war aber auszuhalten. Nun hatte er Zeit zum Nachdenken. „Glück gehabt, dass keiner die Schüsse gehört hat", dachte er, aber das stimmte nicht ganz.

Im weit entfernten Pflanzenmarkt hatte Frau Schütte ihren Mann gefragt, ob da nicht Schüsse gewesen wären, aber der hatte das abgetan. „Vielleicht ein Jäger", hatte er gesagt und sich wieder den Stauden zugewandt, die sie heute noch pflanzen wollten.

Arveds nächstes Problem war Pawel.

„Ich hätte die zwingen sollen, ihn mitzunehmen", grollte er. Das Vogler und Woronzow zur Polizei gehen würden... Ne, dass würden die nicht tun. Vogler hatte ja Konrad und Rita mit auf dem Gewissen und Woronzow...

Ja, Woronzow. Ihn konnte Maschke nicht einschätzen. Reicher Russe mit dieser protzigen Yacht. Immerhin, er hatte einen bewaffneten Leibwächter gehabt, aber ob der ein richtiger Gangster war? Wenn ja, musste jetzt alles sehr schnell gehen, aber vielleicht hatte er Vogler und den Russen erstmal eingeschüchtert.

Maschke erhob sich und holte sein Handy aus der Tasche. Ellen nahm nach dem dritten Klingelton ab. Gott sei Dank. „Ellen?" sagte er. „Du musst mir jetzt helfen. Es gibt ein Problem."

Maschke hatte eine Plane im Kofferraum. Wozu er die mal gekauft hatte, wusste er nicht mehr, aber jetzt kam sie ihm gerade recht. Mühsam wälzte er die Leiche des Russen darauf und begann sie in Richtung Scheune zu zerren, wo er sie vergraben wollte.

Sein Handy klingelte und er unterbrach keuchend seine Arbeit. Es klingelte wieder und er sah „Meller" auf dem Display.

„Den kann ich jetzt gar nicht brauchen", dachte er und steckte das Handy ein, ohne das Gespräch anzunehmen. Als er den Zipfel der Plane wieder aufnehmen wollte sah er, dass am Ende, dort wo Pawels Schuhe über das Pflaster schlurrten, ein kleines Rinnsal Blut auf die Steine floss. „Scheiße!" knurrte Maschke und versuchte vergeblich, das mit ein paar Tempotaschentüchern weg zu wischen. „Später...", dachte er. Später würde er das ordentlich beseitigen müssen.

Endlich hatte er die Scheune erreicht und öffnete das Tor etwas weiter und... Da lag sie. So wie Woronzow sie mit Besen und einem alten Putztuch gereinigt hatte.
Ein Sonnenstrahl fiel genau auf ihr fein ziseliertes silbernes Gesicht und Maschke wurde es ganz warm ums Herz.

Seine Madonna! Seine Millionen! Seine Zukunft mit Ellen, seiner großen Liebe!

Woronzow hatte die kurze Fahrt über geschwiegen, höchstens mal einen geknurrten Fluch auf Russisch von sich gegeben, den Vogler aber nicht verstehen konnte. Er selbst hatte immer noch leichtes Nervenflattern. So weit kannte er Maschke. Sie waren gerade noch mal dem Tod von der Schippe gesprungen. Nur schade, dass das Geschäft mit Woronzow wohl nun geplatzt war.
„Wir holen die Madonna!" sagte der plötzlich und hieb die eine Faust gegen die Handfläche der anderen. Vogler sah seinen Beifahrer überrascht an. „Maschke bewacht die jetzt bestimmt rund um die Uhr", entgegnete er lahm. Woronzow machte eine abfällige Geste. „Die

Hälfte meiner Besatzung hat Kampferfahrung. Dieser Maschke ist tot!"

Sie fanden einen Parkplatz, weil das Wetter sich eingetrübt hatte und es nicht ganz so voll in Scharbeutz war. Nur auf der schmalen Promenade zwischen Gosch und Cafe Wichtig drängten sich die Leute, um einen Platz unter den großen Schirmen zu ergattern, die nun statt der Sonne den einsetzenden Nieselregen abhielten.

Woronzow verschaffte sich rücksichtslos Platz und Vogler folgte in seinem Kielwasser, was den Beiden das wütende Gekeife einiger älterer Damen eintrug, die sie angerempelt hatten.

Die „Strela" ankerte gut hundert Meter von der Seebrücke entfernt und als Woronzow und Vogler in das wartende Boot stiegen -Juri hatte weisungsgemäß am Steg gewartet- sagte Woronzow „Wir nehmen den Hubschrauber. Wenn die Dämmerung kommt."

Vogler sagte nichts und als sie an Bord der „Strela" gingen, eilte Woronzow sofort auf die Brücke, um Kapitän Larkin und dem Hubschrauberpiloten seine Befehle mitzuteilen.

Arved Maschke schnaufte schwer. Es war schwere Arbeit gewesen, den toten Russen in einer Ecke der Scheune zu verscharren. Irgendwie wuchs ihm die Situation über den Kopf und er fragte sich, ob diese Madonna das alles wert war. Schon drei Tote und wenn der Russe wieder käme...

Wie würde Ellen reagieren, wenn sie von all dem erfuhr? Er hatte Durst und Hunger, traute sich aber nicht, die Madonna jetzt allein zu lassen, um in Schürsdorf, wo er ein gutes Restaurant kannte, essen zu gehen.

„Scheiße!" dachte er. „Hoffentlich klappt das mit Madigan."

Ellen hatte den Gedanken an Tarau schnell wieder aus ihrem Kopf verdrängt. Mit den frisch geprägten Kennzeichen auf dem Beifahrersitz des Polos fuhr sie auf den Hof des Autohändlers und parkte den verschrammten kleinen Wagen zum letzten Mal. Irgendwie war ihr dabei doch ein wenig wehmütig geworden -sie konnte mitunter ziemlich sentimental werden-, aber letztlich überwog die Freude auf den Mini, den der Verkäufer bereits vor das Gebäude gefahren hatte.

Er trat aus dem Verkaufsraum, als er Ellen bemerkte und winkte einen Mechaniker heran, der ihr die Nummernschilder abnahm und an dem neuen, frisch polierten Wagen befestigte. Sie freute sich auch über den Blumenstrauß, den der Verkäufer ihr mit den Wünschen für „Allzeit gute Fahrt" überreichte. Schade, dass es jetzt gerade anfing zu regnen.

Zu gern hätte sie das Verdeck geöffnet, aber... „Man kann nicht alles haben", dachte sie.

Sie sah auf die Uhr und erschrak. „Madigan!" Sie hatte ihn fast vergessen. Sie zog die Stirn kraus, denn sie hatte gefunden, dass Arveds Stimme gestresst klang, als er sie um ihre Hilfe gebeten hatte.

Madigan wartete mit Sharon und Roy an der Rezeption und Ellen trat auf die Wartenden zu.

„Mr. Madigan?"   Er wandte sich um und musterte sie. Ellen lächelte „Mein Name ist Ellen Hamann. Ich bin... die Freundin von Herrn Maschke und er hat mich gebeten, sie zu ihm zu bringen." Madigan streckte seine Hand aus.

„Oh Hello, Mrs. Haman. Nice to meet you."

Er stellte rasch Sharon und Roy vor und sie verständigten sich darauf, dass Ellen vorausfahren, und Madigan und seine Begleitung in einem Taxi folgen würden, denn in den kleinen Mini würden sie nicht alle bequem hineinpassen.

Die Rezeptionistin bestellte ein Taxi und Ellen teilte dem Fahrer ihr Fahrziel mit, falls sie sich aus den Augen verlieren sollten. „Ich kenne Schürsdorf", versicherte der Fahrer und Ellen rief von ihrem Handy aus Arved an.

„Wir fahren jetzt los, Schatz", sagte sie und er sagte nur knapp „Danke". Ohne „Schatz" oder „Kuss" oder so was und ihre Sorgen wuchsen.

Mittlerweile blutete die Armwunde nicht mehr, aber sie hatte dazu geführt, dass sein Hemdsärmel einen großen Blutfleck aufwies. Arved war heiß, aber nun musste er sein Jacket überziehen. Seine Zunge klebte ihm am Gaumen und er ärgerte sich, dass er Ellen nicht gebeten hatte, eine Flasche Wasser mitzubringen.

Er sah sich um. Alles fertig. Der rote Samt umfloss die silberne Figur. Die Kerzenleuchter standen beiderseits und er brauchte nur noch die Dochte entzünden.

Er trat vor die Tür und bemerkte überrascht, dass es begonnen hatte zu regnen. Die feinen Tropfen kühlten sein Gesicht und er streckte seine Zunge aus. Arved sah auf seine Uhr. „Sie müssten jetzt auf der Autobahn sein", dachte er. Noch zehn Minuten...

Frau Alvermann hatte ihn auf die Idee gebracht. Sie hatte den letzten Silberleuchter, der noch aus Konrads erster Lieferung stammte und noch nicht verkauft war geputzt und gesagt

„Wer weiß, was da so an der Küste aus diesen Zeiten noch alles verbuddelt ist..." Meller hatte das gehört. Natürlich! Warum sollte das eigentlich alles gewesen sein, was da auf der Sierksdorfer Höhe vergraben war? Sie hatten nach der Bergung der Madonna nicht weiter gesucht.

Er rieb sich die Augen und dachte nach. Dann versuchte er erneut Maschke anzurufen und als er wiederum keine Verbindung bekam, fasste er einen Entschluss.

„Ich muss noch mal weg, Frau Alvermann. Schließen Sie nachher bitte ab. Schönen Feierabend."

Zunächst fuhr er nach Hause und hatte Glück, dass seine Frau nicht da war. Sie hätte ihn sicher sofort mit einigen „wichtigen" Arbeiten belegt. Er holte Gummistiefel, Arbeitshandschuhe und ein paar stabile Jutesäcke aus der Garage, dann zog er seine alten Jeans an und fuhr nach Sierksdorf.

Er parkte den Wagen am Wegesrand und marschierte den schmalen Weg hinauf, über den Vogler und Maschke vor ein paar Wochen die Madonna transportiert hatten. Er fragte sich, ob er noch warten sollte, aber der Nieselregen hatte alle Spaziergänger vertrieben. Fünf Minuten ließ er verstreichen und als dann immer noch keine Menschenseele zu sehen war, fing er an zu graben. Gut, dass er sich die markante Buche so gut gemerkt hatte, unter dem das Versteck der Madonna gelegen hatte.

Für seinen ersten Versuch wählte er einen benachbarten Baum. Die Erde war erstaunlich locker und seine Aufregung wuchs. Da musste einfach noch mehr sein!

Sein Spaten stieß auf Widerstand. Etwas Weiches, Nachgiebiges. Vorsichtig scharrte er das Erdreich beiseite und... Ein toter Hund! Schon in Verwesung begriffen... Meller war so etwas nicht gewöhnt und ihm wurde schlecht. Schnell schob er die ausgehobene Erde wieder zurück und dachte erstmal nach. Vielleicht war unter der Madonna noch etwas vergraben? Einen Versuch lohnte es und er fing an die

Grube, die Vogler mit dem Bagger zugeschüttet hatte, wieder auszuheben. Zwischendurch lauschte er.

Ein paar Vögel lärmten, aber niemand kam.

Diesmal musste er länger und tiefer graben und dann geschah das Gleiche wie vorhin. Er stieß auf etwas Weiches, Nachgiebiges. „Nanu", dachte er. Was hat Maschke denn da statt der Madonna vergraben?

Zwei, drei Spatenladungen später brauchte er sich das nicht mehr zu fragen... und dann wusste er auch, warum Konrad Eisler nichts mehr von sich hatte hören lassen.

Kraftlos ließ Meller die Schaufel sinken. Sein Unterkiefer sank herab und er hörte seinen eigenen lauten Atem wie Donner in seinen Ohren. „Mein Gott...", dachte er und holte zitternd sein Handy aus der Tasche.

„Kriminalpolizei Eutin. Was kann ich für sie tun?" fragte eine Stimme, nachdem er die Notrufnummer gewählt hatte. Meller erschrak und drückte schnell die „Aus" Taste.

„Nein, keine Polizei...", dachte er, aber was soll ich tun? Er dachte nach und dann fiel ihm diese Frau ein. Diese ehemalige Polizistin, die ihn im Auftrag Frau Gesweins aufgesucht hatte und die jetzt scheinbar irgendwie mit Maschke...

Da, er fand ihre Karte in seiner Brieftasche und versuchte im inzwischen ziemlich diffusen Licht ihre Nummer zu erkennen. Es läutete ziemlich lange am anderen Ende, aber dann klickte es und sie sagte „Ja bitte?"

Ellen genoss ihre erste Fahrt in dem neuen Auto. Die Scheibenwischer reinigten die Scheibe einwandfrei- anders als die des guten alten Polo. Sie sah in den Rückspiegel. Das Taxi folgte brav in ihrem Kielwasser. Da war die Autobahnausfahrt Pansdorf. Sie betätigte den Blinker und der kleine Wagen und das Taxi verließen die Autobahn. Arved hatte ihr den Weg gut beschrieben und er erwartete sie an der Auffahrt zur Scheune. Sie stieg aus, ging lächelnd auf ihn zu, und nahm ihn in die Arme. Er schrie leise auf und zuckte zusammen. Ellen sah ihn verständnislos an.

„Hab mich beim Arbeiten verletzt", sagte er. „Nicht schlimm", fügte er hinzu und ihm gelang ein Lächeln, das sie vorerst beruhigte.

Madigan, Sharon und Roy hatten mittlerweile das Taxi verlassen und Maschke begrüßte sie schnell und erteilte dem Fahrer die Order zu warten.

„Jetzt möchte ich diese Wunder-Madonna endlich sehen", sagte Madigan, der sich etwas über den Ort, zu dem er gebracht worden war wunderte.

„Das ist doch alles legal hier, oder?" fragte er besorgt. Maschke nickte. „Keine Sorge. Alles Okay. Die Eigentümerin hat mir allein die Vermarktung übertragen und warum die Madonna hier ist... Das ist eine lange Geschichte."

Madigan ließ es darauf beruhen und Maschke bat alle, noch einen Moment zu warten. Dann verschwand er in der Scheune und entzündete die Kerzen.

„So", sagte er dann als er Ellen, Madigan und die anderen herein ließ und kam sich vor wie früher bei der Bescherung zu Weihnachten.

Es war eine irgendwie mystische Stimmung, die das flackernde Licht der Kandelaber im Inneren der Scheune erzeugte. Madigan blieb abrupt stehen, als er die Madonna, deren silberner Leib vom Kerzenschein verklärt von Innen heraus zu leuchten schien, gewahrte. Er hatte schon viele Statuen aus dieser vergangenen Zeit gesehen und auch gekauft, aber diese...

Der rote Samt war der perfekte Rahmen und das Kalkül Maschkes ging auf. Madigan würde jeden Preis akzeptieren. Das sah man ihm an. Ellen war sprachlos. Sie hatte nicht viel Erfahrung mit Kunst. Die Fotos, die sie von der Madonna gesehen hatte, wurden dieser Statue aber nicht gerecht, das erkannte sie auch als Laie.

„Was hat diese Figur schon alles gesehen...", dachte sie.

Das Klingeln ihres Handys zerstörte die Stimmung und sie konnte es nicht so schnell in ihrer Tasche finden, deshalb lief sie hinaus. Der Taxifahrer sah sie aus der Scheune kommen und sah auf, wandte sich aber schnell wieder der Sportseite der LN zu. Solange der Taxameter lief... Leichter konnte man sein Geld nicht verdienen.

Ellen drückte den Knopf. „Ja bitte?" sagte sie und zuerst hörte sie nur den lauten Atem des Anrufers. „Hallo...", sagte sie noch einmal und nun sagte der Anrufer endlich etwas. „Frau Hamann? Meller hier. Sie erinnern sich?" Ellen sagte „Ja, der Antiquitätenhändler aus Neustadt..." Meller nickte, was Ellen ja nicht sehen konnte und dann sprudelte es aus ihm heraus und Ellen sagte „Beruhigen Sie sich. Ich bin gleich da" und ließ sich noch eine Wegbeschreibung geben.

„Warum holt der nicht die Polizei?", dachte sie, beschloss aber intuitiv, erst einmal dorthin zu fahren. Besonders, oder gerade weil Meller gesagt hatte:

„Aber sagen Sie Herrn Maschke nichts davon!"

Arved Maschke und Madigan knieten neben der Madonna und besahen sich gemeinsam und eingehend jedes Detail, als sie in die Scheune zurückkam. Roy warf ihr einen raschen Blick zu und lächelte. Sharon beachtete sie nicht, sondern starrte gelangweilt auf den Boden.

Ellen trat hinter Maschke. „Ich muss dringend noch zu einer Verabredung. Da ist noch ein Fall abzuschließen."

Der Ton in ihrer Stimme ließ Arved sich aufrichten und sie ansehen. „Ist was passiert, Liebes?", sagte er leise.

Sie schüttelte den Kopf und wandte sich zum gehen, drehte sich aber noch einmal um und fragte

„Sagt Dir der Name Konrad Eisler etwas?" Arved hatte sich gut unter Kontrolle aber die plötzliche Konfrontation mit dem Namen des von ihm Ermordeten, ließ ihn für einen Moment die Fassung verlieren. Er stolperte einen Schritt zurück und seine Augen weiteten sich, bevor er wieder seine gewohnte Miene aufsetzen konnte.

„Konrad... wer? Nein, den Namen habe ich noch nie gehört." Ellen sah ihn für ein paar Sekunden an und wusste, dass er log. Langsam nickte sie. „Ich ruf Dich nachher an", flüsterte sie und verließ die Scheune. Arved wäre ihr am liebsten nachgelaufen, hätte ihr alles erklärt. Es zumindest versucht. Aber was wusste sie und woher? Hatte Vogler sie angerufen? Dieses miese Schwein! Aber er konnte jetzt nicht weg. Madigan... Jetzt musste das Geschäft schnellstens unter Dach und Fach gebracht werden.

Von Draußen kamen die Geräusche des anfahrenden Minis und Madigan sagte. „Sie ist wundervoll. Ich nehme sie. Wie viel?" Sofort vergaß Maschke Ellen und ein zehnminütiger Handel begann. Dann hatte Madigan die Madonna von Padua für Zwokommaacht Millionen Dollar gekauft.

Meller war unruhig. Immer wieder sah er sich in alle Richtungen um. Er hatte das Grab notdürftig mit Laub und ein wenig Erdreich getarnt. „Wo bleibt die denn", dachte er und als Ellen Hamann dann den Weg heraufkam, eilte er ihr entgegen. „Ich wusste nicht, was ich tun sollte", sagte er statt einer Begrüßung. „Sie sind... Ich meine, sie waren doch bei der Polizei. Hören Sie, die Sache mit der Madonna und den anderen Funden... ich stecke da doch auch drin, aber von Mord und so... Nein damit habe ich nichts zu tun! Bitte glauben sie mir!"

Die letzten Worte schrie er fast und krallte seine Hände in Ellens Jacke. Sie machte sich los, wofür sie einige Kraft aufwenden musste.

„Bitte, Herr Meller. Eins nach dem Anderen. Wo... wo ist denn die Leiche?" Langsam drehte er sich um und führte sie zu der Grube. Langsam und diesmal sehr vorsichtig schob er mit dem Spaten Laub und Erde beiseite. Ellen trat näher an das Loch. Meller hatte nur Konrads Oberkörper und Kopf freigelegt und die große Wunde auf dem Schädel, wo Arveds Schaufel ihn getroffen hatte, war gut sichtbar. Das Blut war nur noch eine schwärzliche Kruste, die die grauen Haare fast ganz bedeckte. Ellen nahm Meller den Spaten aus der Hand und schob etwas mehr Erde neben Konrads Kopf zur Seite.

Sie hatte dort etwas aus der Erde ragen sehen. Unverkennbar ein Finger und Konrads Hände waren gut sichtbar. „Nein!" schrie Meller als nun auch Ritas Leiche zu Tage trat. Ebenso tot und ebenso erschlagen wie Konrad. Er hatte sie nur einmal in der Kneipe gesehen, aber sie war es.

„Nein, nein, nein...", schluchzte er jetzt und Ellen konnte ihm nicht helfen. Zu sehr wirbelten die Gedanken in ihrem Kopf. Mord. Doppelmord! Da gab es nichts zu beschönigen. Arved...

Sie drehte sich um. „Haben Sie sonst noch jemanden angerufen?" fragte sie den um Fassung ringenden Meller. „Nein", flüsterte er. „Aber wir müssen das doch melden. Ich meine..." „Ja" sagte sie. „Das müssen wir melden."
Sievers war am Telefon. Kriminaloberkommissar nunmehr und derzeit der Diensthabende bei der Kriminalpolizei Eutin.

Sie hatte damals bei ihrem furchtbaren letzten Einsatz als Polizistin mit ihm zusammen gearbeitet. Es war Zufall, dass er im Dienst war, aber es machte die Sache irgendwie leichter für sie. Während sie auf die Polizei warteten, erzählte Meller alles, was er wusste. Vom ersten Besuch Konrads in seinem Laden bis zum heutigen Tag, als er beschloss nachzusehen, ob es noch etwas zu holen gäbe...

„Und Maschke hat zusammen mit Vogler die Madonna hier abgeholt? Sie waren nicht dabei?" fragte Ellen tonlos. Meller schüttelte vehement den Kopf. „Um Gottes Willen, nein! Ich hatte keine Zeit, aber die Beiden..."

Er wies auf die Leichen „Sind mitgefahren. Oh mein Gott!" Er verbarg erneut sein Gesicht in den Händen und heulte. Ellen dachte nach. Maschke. Sie hatte sich in ihn verliebt. In einen Mörder. „Was ist bloß los mit mir?" dachte sie.

Aber im Grunde dachte sie gar nichts. Langsam stieg die Trauer in ihr und als Sievers eintraf, fand er zwei aus unterschiedlichen Gründen Tränen überströmte Personen neben der Grube, in der Teile zweier Leichen sichtbar waren.

Die Beamten der Spurensicherung schoben Ellen und Meller sanft beiseite, um ihre Arbeit beginnen zu können und Sievers fasste Ellen am Arm. „Frau Hamann. Ellen... Was ist hier passiert?" Sie schüttelte den Kopf. „Eine lange Geschichte. Herr Meller hier", sie wies auf den Antiquitätenhändler „hat mich angerufen. Ich habe ihn neulich beruflich kennen gelernt und er... Er hat die Leichen gefunden." Sievers nickte und wandte sich Meller zu, der aber im Moment zu keiner Aussage mehr fähig war. Wenn Sievers auch nur im Entferntesten geahnt hätte, dass Meller und auch Ellen ihm die Täter hätten benennen können...
So aber gab er beiden seine Karte und bestellte sie für den kommenden Tag zum Abfassen eines Protokolls ins Präsidium. Für ihn hatten sie, bis auf das Auffinden der Leichen, die sichtbar schon länger tot waren, nichts mit dem Tod des Paares in der Grube zu tun.
„Können wir dann gehen?" fragte Ellen, die mit sich rang, ob sie Maschke sofort ans Messer liefern sollte.
„Nein, ich muss erst noch einmal mit ihm reden", sagte sie sich.
„Ja, kommen sie Morgen in mein Büro", antwortete Sievers. Sie nickte dem

Kriminaloberkommissar, der schon wieder sichtbar überfordert war mit diesem Fall, zu und zog den abwesend wirkenden Meller hinter sich her den Weg hinunter zu der Stelle, wo ihre Autos parkten. Nun, da sie nicht mehr am Tatort waren erholte sich Meller etwas.

„Können Sie allein nach Haus fahren?" fragte Ellen und er nickte. „Wir sehen uns dann morgen auf dem Präsidium", verabschiedete sich Ellen. Meller stieg in seinen Wagen und sie sah ihm nach.

Rings um ihren Mini standen Polizeifahrzeuge, auf denen das Blaulicht zuckte und erneut suchten sie verarbeitet geglaubte Erinnerungen heim. Ihre Finger krampften sich um das lederne Lenkrad ihres neuen Wagens und sie erschrak, als sie beim Zurücksetzen einen Baum streifte, der am Heck des Autos eine Beule hinterließ. Aber irgendwie brachte sie das zur Besinnung.

Ein Polizist, der ihr missglücktes Ausparkmanöver mit angesehen hatte wunderte sich, dass sie nicht einmal ausstieg, um sich das Malheur anzusehen, stieß seinen Kollegen an und sagte „Meine Frau parkt auch immer nach Gehör!" worauf sie beide lachten.

Arved Maschke telefonierte mit der Firma, bei der er schon einmal einen Lastwagen mit Ladekran geliehen hatte und ließ sich von dem Taxi dort absetzen. Roy stieg mit aus.

Er würde Maschke helfen. Madigan und Sharon fuhren ins Hotel zurück, um ihr Gepäck zu holen und dann am Flughafen zu warten. Per Telefon hatte Madigan schon die Crew der Boeing benachrichtigt, die den Flugplan einreichen und das Flugzeug startklar machen würden.

Roy verstand fast kein deutsch, aber als er sah, dass Maschke sich immer wieder an den schmerzenden Arm griff fragte er „Shall I drive, Sir?" und Maschke überließ ihm gern das Steuer des Dreitonners.

Sie fuhren rückwärts an die Scheune heran. Maschke stieg aus und öffnete das Doppeltor, aber der Aufbau des Lasters war zu hoch. Roy schlug vor, die Madonna mit dem Abschleppseil aus der Scheune zu ziehen und er befestigte es vorsichtig an den Beinen der Figur, wobei er sorgsam etwas von dem roten Samt als Futter verwendete. Sein Boss würde ihm keine Schramme verzeihen. Den Rest des Stoffes legte Maschke derweil als eine Art Matte aus, auf der die Statue über den unebenen Boden rutschen würde.

„All right", sagte Roy und stieg ins Führerhaus. Langsam gab er Gas und Maschke ging neben der vorsichtig aus der Scheune gleitenden Madonna her.

Zweimal mussten sie anhalten und Maschke legte den Samt um, dann war es geschafft. Die

Madonna lag im Freien. Roy wollte nun den Lastwagen neben die Figur rangieren, um sie mit dem hinter dem Führerhaus befestigten Kran auf die Ladefläche zu heben, aber dazu kam es nicht mehr.

Der Hubschrauber, dessen Geräusche sie im Dröhnen des Lastwagenmotors überhört hatten, war über ihnen und setzte zur Landung an. Der Abwind des Rotors schleuderte Sandbrocken und kleine Zweige auf und Maschke hielt sich schützend die Hände vors Gesicht. Roy starrte Maschke fragend an und der brüllte

„Das sind Gangster! The Russians !"

Aus dem Hubschrauber sprangen vier Männer. Roy sah die Waffen in ihren Händen und zog seine Automatic, kam aber nicht mehr dazu, sie abzufeuern, sondern starrte erstaunt auf die Reihe der blutigen Löcher, die sich über sein Hemd zogen. Dann war er tot.

Arved Maschke rannte. Hinter der Scheunenecke begann ein Maisfeld und dort verbarg er sich. Sie suchten ihn, aber er presste sich an den Boden und sie fanden ihn nicht. Er hörte laute Rufe. Befehle in russischer Sprache. Dann dröhnte der Hubschrauber auf, hob kurz ab, und landete erneut dicht neben der Madonna. Arved Maschke kroch näher an den Rand des Feldes, um etwas sehen zu können. Am hinteren Ende des Hubschrauberrumpfes standen die Türen des Laderaumes offen. Er hatte das schon einmal bei einem Einsatz des Rettungshubschraubers gesehen.

Zwei der Männer zogen eine Rollliege aus dem Rumpf und postierten sie neben der Madonna. Einer der Männer hantierte bereits am Kran des Lastwagens und mit dessen Hilfe hoben sie die Figur an und legten sie auf die Liege, wobei eine der Streben wegen des Gewichts einknickte.

Woronzow, den Maschke erkannte, fluchte aufgeregt, aber irgendwie gelang es, die tonnenschwere Madonna in den Hubschrauber zu verladen.

Der Pilot, der zugesehen hatte, redete auf Woronzow ein, der einsehen musste, dass die EC135 mit dem Gewicht der Statue bereits gefährlich überladen war.

„Vogler!" rief Woronzow und Maschke erkannte erst jetzt seinen Ex-Partner. „Wir nehmen den Lastwagen. Sie fahren!" bestimmte der Russe und während der Hubschrauber mit seiner kostbaren Ladung mühsam Höhe gewann, wobei der Pilot unruhig auf seine Instrumente starrte, die gefährlich in Richtung des roten Bereichs tendierten, stiegen Vogler und Woronzow in das Fahrerhaus des LKW, während die anderen beiden Männer auf die Ladefläche kletterten.

Der Hubschrauber hob jetzt sein Heck wie eine Libelle und flog ab, wohin, dass war Arved klar.

Maschke zog jetzt seine Pistole und als der Lastwagen anrollte, schoss er das ganze Magazin auf ihn ab.

Vogler schrie auf und presste sich die Hand auf den linken Oberschenkel, wo ihn eine der Kugeln getroffen hatte.

Das Blech der Tür hatte aber viel von ihrer Energie genommen, so dass sie keine gefährliche Wunde riss.

Aber einer der Männer auf der Ladefläche wurde in den Kopf getroffen und fiel aus dem fahrenden Wagen. Der andere riss seine Maschinenpistole hoch und schoss zurück. Er streute seine Garbe über den Rand des Maisfeldes und eine der Kugeln traf erneut in Maschkes schon vorher lädierten Arm, der nun leblos und stark blutend an ihm herabhing.

Vogler wollte bremsen, aber Woronzow brüllte „Dawai!" und obwohl Vogler nicht wusste, was das hieß, gab er Gas.

Ellen musste mehrmals anhalten, weil Heulkrämpfe sie überfielen. „Arved…", dachte sie. Wie hatte sie sich nur so sehr in ihm täuschen können. Hatte er sie wirklich getäuscht? Widerstrebend musste sie sich eingestehen, dass diese Art von Männern, die eine Aura der Macht und des Geheimnisvollen umgab, sie anzogen. Paul Schrothoff war auch so gewesen. War sie im tiefsten Innersten selbst latent kriminell veranlagt?

Es war still und schon ein wenig dämmerig, als sie in die Einfahrt der Scheune einbog…und abrupt eine Vollbremsung machen musste, um die Gestalt, die auf dem Weg lag, nicht zu überfahren. „Arved…" dachte sie und ihr Herz krampfte sich zusammen.

Sie sprang aus dem Wagen und beugte sich über den leblosen Körper. Nein, es war nicht Arved. Sie hatte diesen Menschen, der dort mit einem Einschuss im Kopf lag noch nie zuvor gesehen. Sie sah sich um. Dort, dort lag noch jemand. Vorsichtig ging sie näher heran und erkannte Roy, den Leibwächter Madigans. Auch er so tot, wie man nur sein konnte und mit aufgerissenen Augen in die Ewigkeit starrend. Was war hier nur geschehen? Vorsichtig löste sie die schwere Automatic Pistole aus der Hand Roys und schlich auf die Scheune zu, deren Torflügel weit offen standen zu.

„Arved?" rief sie und ein leises Stöhnen kam aus dem Inneren des Schuppens.

Vorsichtig sicherte sie nach allen Seiten, aber es war totenstill. Wieder das leise Stöhnen aus der Scheune und sie trat ein.

In einem der Kandelaber brannte noch ein Kerzenstumpf und in seinem flackernden Schein fand sie Arved an die Scheunenwand gelehnt sitzen. Den Kopf auf die Schulter gesunken und fast ohnmächtig.

„Arved!" schrie sie wieder und küsste seine Stirn, die sich heiß anfühlte. Sie sah das Blut, viel Blut, das sich über den Arm verteilt hatte und eine kleine Lache auf dem Boden bildete. Auf der Erde lag noch ein Stück des roten Samtes und sie lief hinaus und fuhr damit über die Motorhaube ihres Wagens, um ihn mit den Regentropfen anzufeuchten. Er schlug die Augen auf und lächelte matt, als sie ihm damit über das Gesicht fuhr. „Ellen...ich..." Ein Hustenkrampf schüttelte ihn und er konnte nicht weiter reden.

„Schhhh, nicht sprechen", flüsterte Ellen und strich sacht mit dem Lappen über seine Lippen. Er saugte gierig an dem Stoff und sie rannte erneut hinaus, um mehr Wasser zu holen. Langsam, sehr langsam erholte sich Arved etwas.

„Die Russen...", krächzte er „und Vogler... Sie sind...", er brach ab und starrte Ellen ins Gesicht.

„Sie haben die Madonna mit dem Hubschrauber auf die Yacht gebracht!" sagte er. „Wir müssen sie aufhalten!"

Mühsam richtete er sich auf. Ellen wollte ihn daran hindern, aber er schaffte es aufzustehen.

202

„Fahr mich nach Scharbeutz. Sofort!" sagte er und Ellen half ihm auf den Beifahrersitz des Mini, auf dessen beigen Lederbezug rote Blutflecken erschienen, als sein Arm dagegen kam.   „Die beiden Leichen...", flüsterte sie. „Nach Scharbeutz." sagte er erneut. Sie stieg ein und startete den Motor.   „Die Waffen!" sagte er. „Wir brauchen die Pistolen."

Ellen stieg noch einmal aus und sammelte die Waffen des toten Russen, Roys Automatic, die sie in der Scheune gelassen hatte und Arveds Walther ein, sie sie dort auch fand. Dann fuhr sie los. Wortlos. Arved, der sich nun etwas erholt hatte wollte ihr erzählen, was passiert war aber sie sagte „Nein! Halt den Mund jetzt, sonst fange ich an zu denken..."   Er starrte sie verblüfft an, sagte aber nichts mehr.

Der Pilot hatte die EC135 sicher auf der „Strela" gelandet. Larkin hatte ihn auf dem Deck erwartet und er berichtete dem entsetzten Kapitän, was sich in Schürsdorf ereignet hatte.

Er deutete auf die Statue, die zu einem Großteil in die Kabine ragte. „Ich bin fast nicht hochgekommen. So schwer ist das Ding", beklagte sich der Pilot.

„Wo ist Woronzow?" fragte Larkin besorgt. „Die kommen gleich mit dem Lastwagen. Sie sollen sofort seeklar machen. Kurs Kaliningrad." Larkin nickte. Bloß weg hier, bevor die deutsche Polizei erschien. Er rannte fast auf die Brücke und kurze Zeit später fuhren die starken Motoren hoch, was aber auf der Brücke nur an den

Bewegungen der Drehzahlmesser zu merken war.

„Alle Mann auf Station!" befahl er über die Lautsprecheranlage und die Besatzung sprang aus den Kojen und vom Tisch der Messe auf, wo die meisten im ewigen Kartenspiel saßen, und besetzten ihre Stationen.

„Juri, das Beiboot klarmachen und zur Seebrücke. Der Boss kommt gleich", befahl Larkin und Juri salutierte.

Iris mochte den blonden Matrosen der Superyacht. Zwar hatte sie an ihrer Anwesenheit nichts verdient weil sie ja ihr eigenes Beiboot hatte, aber ein paar Touristen hatten sie dafür bezahlt, dass sie mit ihnen eine Runde um die imposante „Strela" drehte. „Hi Juri, wieder im Dienst?" fragte sie den Russen, der aber nur schüchtern nickte, denn er konnte bis auf „Guten Tag" und „Danke" kein Deutsch. Iris hätte sich gern noch ein wenig näher mit dem „süßen" Matrosen befasst, aber drei Männer, unter ihnen der reiche Besitzer der Yacht, den sie schon ein paar Mal im Cafe Wichtig gesehen hatte, kamen im Laufschritt über die Brücke, dass die Planken dröhnten.

Juri zuckte bedauernd die Achseln und winkte Iris zum Abschied zu, während er schon den Motor anließ. Die Männer sprangen ins Boot. „Ab!" befahl Woronzow und Juri gab Gas. Iris sah ihnen nach.

Juri legte an der Yacht an und seine Passagiere verschwanden im Inneren. Der Kran senkte sich herab, an dessen Ladegeschirr Juri das Boot befestigte. Dann schwebte das Boot empor und noch während das geschah, wurde rasselnd die Ankerkette eingeholt und die „Strela" nahm langsam Fahrt auf.

„Schneller. Fahr doch schneller", schrie Arved und Ellen trat das Gaspedal noch etwas weiter durch. Der Mini lag wie ein Brett auf der nassen Fahrbahn- mit dem Polo wäre sie sicher längst im Straßengraben gelandet.

Im Moment hatte Ellen aber andere Sorgen. Sie entschied sich dafür am Kreisel Scharbeutz nach links auf den Hamburger Ring einzubiegen und dann am Ende der Straße, wo sie eigentlich nur nach links weiterfahren durfte, den Wagen nach rechts in die Strandallee zu lenken. Ein entgegenkommendes Auto hupte protestierend, denn sie befuhr die Einbahnstrasse in die falsche Richtung...

Das war nun auch egal. Da..., da war eine Parklücke gegenüber der Bäckerei Brede und sie bremste quietschend.   Arved sprang schon aus dem Wagen, und schob Roys Automatic in den Hosenbund. „Komm nach!" rief er Ellen zu, die die Pistole des Russen an sich nahm.

Sie stieg aus und ein Mann griff sie am Arm.

„Sie können hier nicht so rumrasen, Junge Frau."   Ellen war außer sich und schlug dem korpulenten Mann, den Micha ihr einmal als ehemaligen Koch vorgestellt hatte, den Lauf der Tokarev über den Kopf.

Das hatte sie aufgehalten und sie sah Arved nicht mehr. „Arved!" rief sie und rannte am Capolino vorbei an den Strand in Richtung Seebrücke. Der Koch sah verwundert auf das Blut an seiner Hand, nachdem er sich an den Kopf gefasst hatte, holte sein Handy heraus und rief die Polizei.

Maschke hatte Schmerzen, aber das Adrenalin in seinem Blut und die Wut auf Vogler und den Russen trieb ihn voran, als er die „Strela" sah, die gerade Fahrt aufnahm. Sein Blick fiel auf den Strand, wo Bernhard gerade auf einen Jetski steigen wollte, um Heim zu fahren, da bei diesem Wetter wohl keine Kundschaft mehr zu erwarten war.

„Halt!" rief Arved und Bernhard Semmler riss die Augen auf. „Arved...", sagte er. „Keine Zeit zum labern", knurrte Maschke. „Schlüssel her. Ich brauch den Jetski!"   Er machte eine herrische Geste mit der Hand und die Tatsache, dass er dabei eine große Pistole in ihr hielt, ließ Bernhard schnell reagieren. Er riss sich das Armband mit dem Clip ab und warf es Maschke zu, der aber erst die Pistole erneut in den Hosenbund schieben musste, um die Manschette anlegen zu können.

„ Hilf mir", bat er Semmler „Ich erklär Dir alles nachher."   Und Bernhard half. Er sah, dass Maschkes linker Arm faktisch unbeweglich war, aber Maschke schaffte es aufzusteigen und die

Maschine zu starten. Bernhard war erschüttert, sah die Wut in Maschkes Gesicht und drehte sich, um als er den Schrei hörte. Ellens Schrei „Arved!" Die Frau rannte über den Strand, aber Maschke hatte jetzt das Gas voll geöffnet und jagte das Gefährt rücksichtslos durch eine Horde schwimmender Jugendlicher, die der Nieselregen nicht störte. „Du Idiot!" grölten sie wütend, wussten aber nicht, wie glücklich sie sein konnten, nicht überfahren worden zu sein, denn Maschke hatte sie nicht gesehen.

„Was ist denn los?" fragte Bernhard die Frau, die Maschke ihm vorgestellt hatte, an deren Namen er sich aber nicht erinnern konnte. Ellen sah sich gehetzt um. Iris kam mit ihrem Taxiboot unter der Brücke hervor, da sie es an der Boje befestigen und auch Feierabend machen wollte.

Ellen winkte und sprang ins Wasser. Watete dem Boot entgegen, in dem Iris sie erstaunt ansah. „Da..." keuchte die Frau im Wasser. „Dem Jetski nach, bitte. Es geht um Leben und Tod!"

Iris drehte sich um und sah die Gischt des Jetskis, der sich in Richtung der abfahrenden „Strela" entfernte.

„Kann ich nicht einholen. Der ist viel zu schnell", sagte Iris. „Bitte!" wiederholte die Frau, die Iris jetzt als Maschkes neue Freundin erkannte. „Okay", sagte sie und half Ellen ins Boot. „Festhalten!" sagte sie und gab Vollgas.

Arved Maschke spürte, dass ihm die Sinne schwanden. Die Wunde blutete wieder und graue

Schleier senkten sich über seine Augen, die immer öfter kamen.

Da war die verfluchte Yacht. Er kam ihr schnell näher. Jetzt erst fragte er sich, was er eigentlich tun sollte, wenn er sie erreichte, verdrängte den Gedanken aber sofort wieder. Ein Schlag ließ ihn fast vom Sitz kippen, als er die Hecksee der Fahrt aufnehmenden Megayacht kreuzte. Er kam jetzt sehr nah heran und einige Männer sahen über die Reling zu ihm herunter.

„Maschke, das ist Maschke", stammelte Vogler verblüfft und Woronzow starrte ihn an.

„Ein Gewehr!" brüllte er. Einer der Leibwächter rannte ins Innere und kam bald darauf mit einem AK47 Sturmgewehr zurück, dass Woronzow ihm aus der Hand riss und entsicherte. Die erste Salve ging ziemlich daneben, nicht weil Maschke bewusste Ausweichmanöver machte, sondern weil der Jetski unter ihm bockte und er den Lenker nur mit einer Hand halten konnte. Maschke überlegte, ob er die Automatic ziehen konnte, sah aber ein, dass er nicht in der Lage war, den Lenker auch nur einen Moment los zu lassen.

Er blickte zur „Strela" hinauf und sah, dass dieser Woronzow auf ihn schoss. Ein Schlag traf ihn am Bauch und er sah Blut aus der Wunde spritzen. Nur Sekunden würden ihm noch bleiben.…

„Schneller!" rief Ellen, aber Iris hatte schon Vollgas gegeben. Der stumpfe Bug des Taxiboots schlug auf die Wellen und sprühte Gischt über die Frauen. Ellens Hände krampften sich an die Bordwand. Sie wischte sich das Wasser aus dem Gesicht und sah die cremefarbene Yacht mit einer großen Bugwelle und den bockenden Jetski mit Arved darauf dicht daneben dahin schießen.

Das Knattern des Sturmgewehrs übertönte für einen Moment den Motorenlärm und sie sah entsetzt, wie Arved den Jetski herumriss und in die Seite der Yacht krachen ließ...

Ein blendender Feuerball und das Donnern einer Explosion rollte über die Bucht. Fast an jeder Stelle der Bordwand wäre der Aufprall ziemlich folgenlos geblieben, aber genau an dieser Stelle lagerten hinter dem Stahlblech fast dreißig Tonnen Kerosin für den Betrieb des Hubschraubers und diesen Treibstoff hatte Maschkes Rammstoß zur Explosion gebracht.

Ellen schrie. Iris schrie auch. Alle schrien. In Scharbeutz die Leute, die die dramatische Jagd zufällig gesehen hatten.

An Bord eines Fischkutters, der jetzt sofort Kurs auf die brennende Yacht nahm, schrie niemand, aber der Steuermann brüllte seine Beobachtung in das Funkgerät, mit dem er die Küstenwache in Neustadt alarmierte.

Der Küstenwacht-Kreuzer „Neustrelitz" kam gerade von einer Fahrt nach Grömitz zurück. Sie hatte dort an Dreharbeiten für eine beliebte Vorabendserie des ZDF teilgenommen.

Die Männer auf der Brücke lachten gerade über die ziemlich hanebüchene Story, die angeblich hier in der Lübecker Bucht spielen sollte. „Da! Seht mal!" rief der Rudergänger plötzlich und die Köpfe der Beamten fuhren herum.

Der grelle Feuerball sackte schon in sich zusammen, machte aber einer Flammenzunge Platz, die sich schnell über das Oberdeck des brennenden Schiffes ausbreitete. In die graue Dämmerung mischte sich nun der schwarze Qualm des Ölfeuers. „Alarm!" rief der Kapitän „Volle Fahrt. Bodo, Hauptquartier benachrichtigen. Wir brauchen den Seenotkreuzer aus Grömitz und alles was die Marine in der Nähe hat!"

Die Maschinen donnerten los und die Beamten machten sich bereit zu retten, was zu retten war.

Woronzow rappelte sich auf. Die Explosion hatte ihn umgeworfen und es pfiff in seinen Gehörgängen. Entsetzt sah er die Flammen, die nahe der Brücke aus dem Rumpf seiner Yacht schlugen. Vogler kniete neben ihm und er gab ihm einen Tritt. „Du bist Schuld an dieser... Katastrophe!" schrie er. Matrosen rannten an ihm vorbei und entrollten Feuerlöschschläuche.

Woronzow sah Kapitän Larkin, der Befehle brüllte. Seine „Strela", sein Stolz brannte! Larkin kam auf ihn zu.

„Ich glaube wir schaffen es", sagte er. Die Küstenwache und ein Löschboot sind gleich bei uns. Woronzow dachte nach. Küstenwache... Larkin sagte, das Schiff würde gerettet werden, aber die Madonna... Wenn alles ans Licht kam, wäre sie verloren. „Ich brauche den Piloten. Sofort!" befahl er Larkin.

Die „Neustrelitz" war nur noch einige hundert Meter von der Yacht entfernt, als sich vom Achterdeck ein Helikopter erhob. „Da ist es wohl jemandem zu heiß an Bord", sagte einer der Beamten, was ihm einen bösen Blick des Kapitäns eintrug. „Strela" las der Wachoffizier mithilfe des Fernglases ab.
„Das ist doch diese Megayacht, die sie in Rendsburg für diesen reichen Russen gebaut haben." „Löschkanone klar halten!" befahl der Kapitän. Wir gehen mit Backbord ran. Die „Hackmack" -Er meinte den Rettungskreuzer aus Grömitz– „ist auch gleich da. „Ein „Seaking" der Marine ist im Anflug", meldete der Funker und sie sahen gleich darauf die roten und grünen Positionslichter des großen Rettungshubschraubers, der gerade eine Übung bei Fehmarn absolviert hatte und nun hierher dirigiert worden war.

Pjotr Schurin, der Pilot der EC135 kämpfte mit der Steuerung seines überladenen Hubschraubers. War es vorhin schon schwer gewesen, war nun zusätzlich Woronzow an Bord... Schurin hatte protestiert, aber Woronzow war der Boss.

„Ein Hubschrauber. Deutsche Marine! Er verfolgt uns!" schrie er und Woronzow sah hinaus. Tatsächlich sah es so aus, als wenn der große getarnte Hubschrauber sie anfliegen wollte, was aber nicht in der Absicht des Piloten lag. Er wollte gerade in Richtung des brennenden Schiffes eindrehen.

„Abdrehen! Lichter aus!" schrie Woronzow und der Pilot gehorchte. Er konnte kaum etwas sehen. Die Wolken hingen hier sehr tief und dann musste er abrupt hochziehen, denn direkt vor ihm war ein riesiges Fährschiff aufgetaucht.

Die überlasteten Turbinen heulten und er ließ schnell wieder den Hubschrauber sinken, um Fahrt zu gewinnen.

Voraus kam eine undeutliche Struktur in Sicht. Drehende Flügel und Schurin schrie...!

Auf der „Nils Holgerson" lief der Kapitän entgeistert auf die Brückennock. „So ein bodenloser Leichtsinn!" tobte er und hob sein Fernglas, um dem unbekannten Hubschrauber nachzusehen. „Nein...", keuchte er, aber in diesem Moment krachte der Helikopter in die Windkraftanlage...

Epilog

Ellen fiel in ein tiefes Tal. Die Brutalität und Rasanz der Geschehnisse, die sie in so kurzer Zeit erlebt hatte, hatten ihr erneut den Boden unter den Füßen weg gezogen.

Sie fühlte sich leer und elend. Mochte nicht aufstehen, nicht essen, nicht ausgehen...

Schlafen konnte sie sowieso nicht. Jedes Mal, wenn sie die Augen schloss, erschienen die Bilder vor ihr.

Die Bilder des letzten Tages mit Arved, den sie geliebt hatte. Bis zuletzt und bedingungslos. Ungeachtet dessen, was er getan hatte.

Der Moment, als er mit seinem Jetski die Yacht rammte und sich selber auslöschte...

Die Flammen, die sich im Meer spiegelten... Die Leere danach.

Iris hatte sie an Land gebracht und sich um sie gekümmert. Micha war gekommen und hatte sie in den Arm genommen und sie hatte es zugelassen. Auf eine neue, freundschaftliche Weise, die sie noch verstehen lernen musste.

Die Polizei hatte lange gebraucht, um Zusammenhänge zu erkennen. Vogler wäre fast entkommen, wenn er sich nicht während einer Befragung selbst in Widersprüche verwickelt hätte. Zuletzt legte er ein Geständnis ab.

Sievers Inkompetenz wurde kaschiert durch die Vielschichtigkeit des Falles, an dem Dienstellen aus Lübeck und Kiel, und wegen der Prominenz und Staatsangehörigkeit Woronzows, das Bundeskriminalamt und einige Beamte aus Russland arbeiteten.

Die LN war eine Woche lang voll mit dieser Geschichte. Bilder der brennenden Yacht und des abgestürzten Hubschraubers beherrschten die Nachrichten.

Besonders die Aufnahme einer Lokalreporterin aus Scharbeutz erregte Aufsehen.

Die vollkommen zerstörten rußigen Trümmer des Hubschraubers und die Pfütze geschmolzenen Metalls, aus dessen Rand eine fast intakte silberne Hand ragte, deren ausgestreckte Finger in den Himmel zu weisen schienen...

Madigan sah dieses Foto in der Ausgabe, die er auf dem Rückflug in die USA las.

Der Probst sah es mit Erschauern und Gedanken an Tarau.

Frau Geswein mit der Idee, Drewitz anzurufen und ihn zu fragen, ob sie nicht Anspruch auf das geschmolzene Silber erheben könnte.

Meller, der stündlich mit seiner Verhaftung rechnete, den man aber schlicht nirgends auf der Rechnung hatte.

...und Ellen, die wieder vor dem Nichts stand. Materiell und Emotionell, aber bereit zu kämpfen...

Wofür? Man würde sehen.

Liebe(r) Leser(in)

Wenn ihnen das vorliegende Buch gefallen hat, werden sie vielleicht wissen wollen, was „davor" geschah…
Warum Ellen den Polizeidienst quittierte…
Was es mit ihrer Scharbeutz-Phobie auf sich hatte…

Die Lösung für dieses Problem liegt in der Lektüre meines Buches

Schöne Schwester Tod

Erschienen im Windspiel-Verlag Scharbeutz
ISBN 978-3-9813966-3-8

Erhältlich im Buchhandel und Internet